中公文庫

完全版

南蛮阿房列車（上）

阿川弘之

中央公論新社

目次

完全版

南蛮阿房列車

上巻

欧州畸《き》人《じん》特急

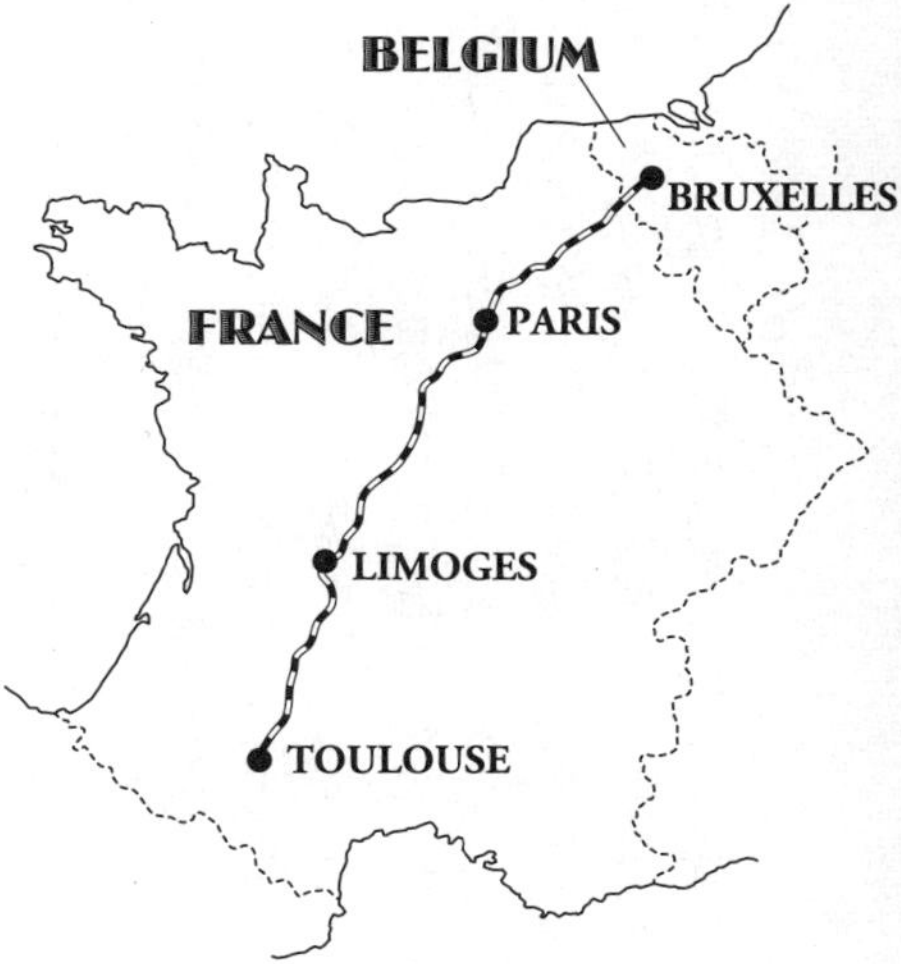

内田《うちだ》百閒《ひゃっけん》先生が最初の阿房《あほう》列車に筆を染められてから四半世紀の時が経ち、亡くなられてからでもすでに五年になるが、あの衣鉢《いはつ》を継ごうという人が誰もあらわれない。年来私はひそかに心を動かしていたが、我流汽車物語は贋作《がんさく》でないまでも、少しく不遜《ふそん》なような気がして、なかなか実行に移せなかった。

しかし、実を言うと、阿房列車には当方浅からぬ御縁がある。汽車を仲立ちにして、時々百鬼園《ひゃっきえん》先生の生霊死霊みたいなものが私の前に出現する。今から二十二年前の三月十五日、戦後初めて山陽本線に登場した特急「かもめ」上り6列車に乗って、私がいい心持で東行した日、同じ「かもめ」の下り5列車で、百閒先生がすれちがいに、幻の如く山陽道を西へ下って行かれた。それがのちの「春光山陽特別阿房列車」である。「長崎の鴉《からす》」ほか五篇を収めた『第三阿房列車』が文庫本になる時には、何処《どこ》からともなく解説のお役目が廻って来た。何処からともなくと言うのは、百閒先生のお声がかりであったようなないようなという程の意味である。私は第三阿房列車六本の走行キロ数を、九千九百三十六・五キロと計算して解説に代えさせて頂いた。

松江阿房列車の萱田庵《かんでんあん》を訪れると、

「あなたも汽車が好きでしたね。昔、内田百閒先生が山陰路の阿房列車で此処《ここ》へいらした時、こんなことがありました。あの人は頑固でねえ」

というような話を、人が聞かせてくれる。

生前お近づきは得なかったが、泉下《せんか》の百鬼園先生に、

「貴君。僕にも『贋作吾輩は猫である』なる作物《さくもつ》がある。二代目阿房列車が運転したければ運転しても構わないよ」

と言われているような気がしないでもない。文章の上では及ぶべくもないが、汽車に執心の点にかけてはそれ程謙遜しなくてもいいはずだから。

ただ、百閒先生お好みのオープン・デッキの展望車はとっくに姿を消し、とつおいつ考えているうちに一等車がグリーン車と名前を変え、蒸気機関車は無くなり、あまりお好みでなかった新幹線が、延々博多までのびてしまった。たいへん便利なものではあるけれども、百閒先生同様、私も新幹線は味が無いと思う。少なくとも阿房列車向きではない。

こうなったからには、いっそよその国で阿房列車を運転してみてはどうだろう。折ある毎《ごと》に外《と》つ国々を訪れて汽車に乗り、南蛮阿房列車を書く――。

たまたま此《こ》の二月半ば、ヨーロッパへ行く話が持ち上った。欧州の汽車なぞ、今では大して珍しくもあるまいし、ヒマラヤ山系の如き忠実なお供がいないのが残念であるけれども、狐狸庵《こりあん》遠藤周作とまんぼう北杜夫の二畸人《きじん》が同行する。此の両名をヒマラヤ山系代り

に無理矢理汽車に乗せてしまおう。

「急ぎ候《そうろう》程に、はや花の都巴里《パリ》の宿に着いた。あしたは何もすることが無いようだが、三人でトゥールーズまで汽車旅をしないか。『ル・キャピトール』というフランス一速いきれいな特急が走ってるよ」

トーマス・クックの時刻表を片手に、まず遠藤を口説きにかかったが、

「何しにトゥールーズくんだりまで行くんや？　カソリックのお寺でも見に行くんか」

「そんなものは見ない。汽車に乗りに行くんだと言ってるでしょう」

「変っとるなあ、お前は」

と、狐狸庵は私の顔を見た。

「汽車に乗るのが、何故変ってますか」

「北も相当変っとるけど……、飛行機の中で北は突如『愛してるウ』と叫ぶんだぜ。俺、気味が悪うなって、『何ですか』言うたら、『すみません。愛してるウというのと、助けてくれ、神様、此の三つは僕の独り言ですから、どうか気にしないで下さい』やて。北も変っとるけど、お前は自分が変ってないと信じてるとこが変ってる」

「そうかね。それで、汽車に乗る気がありますかありませんか」

「ありません」

傍からまんぼうが、真剣な面持で、

「折角ですが、僕もあしたはホテルの部屋で、ウイスキーでも飲みながら一日ごろごろしていたいので失礼します」

と、アダジオ調で拒否した。

両名とも退嬰《たいえい》保守的で、予定表に記された以外の行動を採るのが億劫《おっくう》なのだろうが、何もそんな、悪魔に魅入られたような眼つきをしなくてもいい。

「それでは、一人で行って来るかネ」

「それは自由です。汽車に乗ろうが風船に乗ろうが君の御自由ですが、スペインの国境近くまで行って、夕方パリへ帰って来られるか？　勝手なことばかりするのは、夕飯を用意して待ってて下さる方たちに失礼だぞ」

「分ってます。片道飛行機にすれば帰って来られる。晩飯までには必ず帰って来る」

トゥールーズ行の特急は、ＴＥＥである。ＴＥＥというのは、トランス・ユアロップ・エクスプレスの略で、十年程前には少なくとも西欧の国境一つ越す国際贅沢《ぜいたく》特急の謂《いい》だったが、近ごろ一国内で運転する優等列車にもＴＥＥの名を冠している。パリ発七時四十三分、朝の「ル・キャピトール」75列車も其《そ》の一つである。

翌日、保守と退嬰が寝ている間に私はホテルを出て、地下鉄でオステルリッツ駅へ向った。二月のパリの朝は寒いが、上野駅へ行く地下鉄の中と同じで、早朝旅に出るらしい人々が、旅行鞄を提げて何人もメトロに乗っていた。ヨーロッパの鉄道は、未だなかなかの繁昌ぶりと見える。

駅の混み合う窓口に並んで、百九十二フラン払ってトゥールーズ行の切符と特急券を手に入れ、プラットフォームに出ると、右側に「ル・キャピトール」が、左側に同じタイプのＴＥＥ「レタンダール」が入っていた。「レタンダール」は「ル・キャピトール」より七分遅く発車して、ボルドー廻りスペイン国境のアンダイエまで行く。

牽引《けんいん》の電気機関車は、ＣＣ65型の第18号車。三軸の動輪が二た組ついた新鋭の俊足機である。

「機関車なんか見て、何が面白いのかねえ」

と、今ごろ二人が眼をさまして悪口を言っていそうな気がしたが、発車までに、機関車から始めて一とわたり列車を見て廻った。

全車輛一等の編成であるけれども、客車のしつらえはそれぞれちがう。客席のテーブルで食事が摂れるようになった若草色の美しいコーチに、日本人の若いカップルを見かけ、軽く会釈したが知らん顔をされた。

乗客は、まあぱらぱらというところである。私のあてがわれた最後尾のコンパートメントも、赤い六人掛けのシートに、白髪の老フランス紳士と、とっくりスエーターの四十くらいの仏人と私の三人しかいない。

汽笛一声も何にも鳴らさずに、特急は定刻、薄い朝霞《あさがすみ》の巴里オステルリッツ駅を離れた。

早起きをして腹がへっているから、すぐ席を立って食堂車へ行く。禿《はげ》のボーイ、頬の赤い少年のボーイにサービスされて、ジュースとあったかいクロワッサンとカフェ・オーレの朝飯を食いながら眺めていると、食堂車の電動式速力標示器が１００から段々上って来て、電気の数字を１４０、１３９、１４１とチラチラ示し、左の車窓に陽が昇るころ百七十キロになった。

時々「ピポー」と叫んで、ジュラルミン色のパリ行通勤電車があわただしくすれちがう。白壁の農家、蒸気のように朝もやの立ちのぼる畑、ミレーの絵そのままの美しい郊外風景だが、

「北と遠藤は馬鹿だなあ」

誰かに語りかけたいと思っても、私はフランス語が出来ないし、相手は誰も日英両語を解さない。独り景色を眺めながら黙々と食っているだけである。

列車のスピードが二百キロを越し、八時三十五分、オルレアンの駅を通過する。日本なら、「場内進行。オルレアン通過。本線出発進行」というところだが、ＣＣ65の18では何と唱えているのか分らない。

ジャンヌ・ダルクゆかりの町は、大きな操車場があり高層アパートが立ち並び、相当の地方都市と見うけたが、「ル・キャピトール」はリモージュまで三時間近くノン・ストッ

プである。点々と白樺のまじる雑木林、お伽話《とぎばなし》に出て来そうな古城、緑の牧草でおおわれたなだらかな丘の上に遊ぶ牛。列車は「ヒーコッコ、ヒーコッコ」と、単調な音を立て走りつづける。

食堂車の帰りに便所へ入ったら、白い便器に流れそこなった糞《ふん》が一と切れひっかかっていた。星霜《せいそう》移り人は去り、歳々年々世の中が変って行くけれど、汽車の便所にウンコの切れっぱしがひっかかっているのだけは、東西を通じてあまり変らぬなあと思った。別号を雲谷斎《うんこくさい》という遠藤の顔を、ついなつかしく思い浮べる。あとから入る人にあの日本人のウンコだと思われるといやだから、丁寧に流して出た。

十時三十六分リモージュ着。定刻に発車して、約五分すると、上り(とは言わないが)——パリ行の「ル・キャピトール」74列車とすれちがうはずである。フランス語が出来なくても、こういうことは並のフランス人の十倍くらいよく分る。後部のデッキに立って、時計をにらみながら待っていたが、トンネルを抜け踏切を越し、「ヒーコッコ、ヒーコッコ」で、一向すれちがう気配が無い。

いささか自信を失いかけたころ、同じクリーム色の車体に赤い隈《くま》どりをした遅れの74列車が、右側の線路を北へ、さッと姿を消して行った。

右側というのはつまり左側で、右側通行の国フランスでも国鉄だけは左側通行なのである。やがて山が迫って来、鉄路のまわり一面深い霧になった。パリ行の「ル・キャピトール」は此の霧で遅れていたなと気がついた。

そのうち昼になったので、食堂車で再び沈黙の昼飯を食うことにする。鱈《たら》とおぼしき白身の魚のクリーム・ソースかけ。まわりのフランス人たち——どうも乗客の九十九パーセントが仏人らしい——は、老若男女、子供にいたるまで、パンでソースをすくい取って、猫が舐《な》めたようにきれいに平らげているが、私には大味であんまり美味《うま》くない。

食い残したら、ボーイが如何《いか》にもフランス人らしい身振りで何か言った。

「お気に入りませんでしたか」

と聞いているようだが、曖昧《あいまい》な顔をするより仕方が無い。

次の一皿、薄いヒレ肉のステーキに黙々とかじりついた時、前の席の四十男が英語で話しかけて来た。

「日本人カ」

「日本人ダ」

映画関係の仕事をしていると言う。

「コレカラ、自分ハスペイン領ノ山ヘスキーニ行クトコロダ」

「一人デカ」

「イヤ。向ウデ女友達ガ待ッテイル。アナタハ何処《イズコ》ヘ一人デ旅スルカ」

「トゥールーズマデ」

「トゥールーズニ着イテ何ヲスルヤ」

「何モシナイ。スグ飛行機デ巴里へ帰ル」

「ア？」

「ツマリ自分ハ」其処《そこ》でつっかえた。「自分ハ要スルニ」又つっかえる。「カネテ自分ハ此ノ『ル・キャピトール』ニ乗ッテミタイト思ッテイタ。乗ッテトゥールーズニ着イタラ、モウ用ハ無イカラ巴里へ帰ルノデアル」

互いに兄たりがたく弟たりがたいおかしげな英語であるけれども、フランス男は、

「アア、ソウカ、ソウカ」

と、狐狸庵やまんぼうより余程好意的な理解ある表情を見せた。

車室に戻ると、間もなく最後の途中停車駅モンオーバンである。南フランスはもう春のたたずまいで、沿線、見渡すかぎり、果樹らしき木々が桃色の花をつけていた。

白髪の老紳士が、花ざかりの窓外を指してしきりにフランス語で何か言う。

「桃です。桃はモンオーバンの名産です」

と言っているらしかった。

モンオーバンからは、余すところ二十八分。十三時四十七分、トゥールーズ着。「ル・キャピトール」は、信号機も踏切もある在来線七百十三キロを、最高二百キロ以上出して六時間と四分で走り了《お》えた。天晴《あっぱ》れというべきであろう。

そのままタクシーで飛行場へ駈けつけて、午後三時発エア・インターの「キャラベル」に乗りこめば、巴里オルリー空港へ一時間十分しかかからない。

ついでのことに、オルリーからはタクシーなど使わず、七フラン五十の国電空港線で市心へ出てホテルへ帰って来た。

「あ、帰って来よった。やっぱりお前、汽車に乗りに行ったんか。それにしても、えらい早いなあ。トゥールーズ往復は千キロぐらいあるんとちがうか」

「千四百キロ以上ある」

私が得意で答えると、

「お前、ほんまにトゥールーズまで行って来たんか」

と、遠藤は疑わしげな顔をした。


其の後一週間ばかり、三人で欧州諸国を遍歴して歩いた。「遍歴」というほどでもないが、スケジュールがつまっているから、汽車に乗る機会は無く、移動はすべて飛行機である。

此の間《かん》、まんぼうの行動は終始、スローモーション・カメラが撮影した人物のそれの如く、狐狸庵の方は齣落《こまおと》しで、高崎山の猿のようにせわしない。ゆっくりまんぼうを、お猿がからかう。

でしょうか」

「北さん。あの金髪フランス美人があなたの方を見てますぞ。北君に気があるのではない

「はあ」

「ほら、また見てます。これから乗る飛行機は、こいつの説だとA３００とかいう欧州製のエアバスで、大きいそうです。便所もゆったりしとるでしょう。便所の中でエマニエル夫人ごっこが出来るかも知れんです」

「はあ」

パリの映画館で「エマニエル夫人」を見た。

まんぼうと私はフランス語が分らないので、狐狸庵が、

「十二の時からこれを覚えて、言うとる」

「今、あの男が性と道徳について、女にこういう説教をしとる。阿呆くさ」

という風に、要所々々の解説をしてくれる。

やがて場面が昂揚して来、雌雄相接して何度目かのアレグロ状態になったと思ったら、うしろの観客席で一人の女性が声を立てた。館内にどッと笑声が湧いた。

「何て言ったんだ？」

「わたしもう、タマラナクナッタワ、言いよってん」

それが、前日か前々日のことであった。

「依然として見とるです。可哀そうに、北さん、『エマニエル夫人ごっこしましょ』言うてやんなさいよ」

「はあ、いや、どうも」

ゆっくりまんぼうは笑いもしないが、時折じわッと反撃に転じることがある。

「拝見していますと、あなた方は、精神病理学的に言って明らかに躁《そう》ですな」

「そうですか。それでは、あんたは何ですか」

「僕はここ数年、ずっと鬱《うつ》の状態です。あなた方と旅行していると疲れるです。おかげで常に睡眠不足です」

「そう言えば北君、あんたはいつも疲れたような顔をしとるですな。朝、食堂で会って、『やあ、お早う。気分どう？』言うと、必ず『眠いです』と言われるですが、あんなに酒を飲んでもよく眠れんですか」

「はあ……。遠藤さん、躁と言えば聞えがいいですが、遠藤さんのはちと分裂症気味の躁ですぞ」

「そうではないでしょう。僕は初老性鬱病のはずやがなあ」

遠藤が躁か鬱か、私はフランクフルトの宿で、日本へ国際電話を掛けることをすすめてみた。

というのは、ダイヤル直通で掛るのを発見したからである。西ドイツやニューヨークから日本へ、ダイヤル直通の話は聞いていたが、ホテルの部屋からダイヤル出来るとは知らなかった。

まず0を廻して外部発信、00で国際通話、8がアジア、1で日本、そのあと横浜045の0を抜いて45、局番、番号で、五秒もしないうちに吾が家が出る。東京なら、000813261××××という風に、十三回廻せばいい。汽車の話とちがい、

「ほんまか」

と、遠藤は興味を示した。

部屋へ引っこんで、十分もしないうちに慌しく戻って来、

「ほんまに掛った。女房の奴、あら、今何処？ 羽田？ もう帰って来たの？ 言うて信用しよらへん。神戸も出る、京都も出る。ほんまに出るなあ」

やっぱり北杜夫の診断の方が正しいらしい。

「ほんまに出るなあって、お前、何処と何処とへ掛けたんだ？ 何とかを覚えた猿じゃあるまいし、いい加減にしなさい。あとで通話料がたいへんだよ」

私は初回、此の二畸人を供にするのに失敗したが、二度目の汽車旅にはいやでも彼らが乗って来る。何故なら予定表がそうなっているから。

それは、諸国遍歴を了えてブラッセルから元のパリへ帰る日であった。

パリ―ブラッセル間が三百十キロ、パリ―アムステルダム間が五百四十七キロ、ちょう

ど東京名古屋、東京大阪に似た距離で、汽車で行くのに好適なせいであろう、右の三首都間には、「ルーベンス」とか「イル・ド・フランス」とか、たくさんのTEEが走っている。

我々の乗るのは、ブラッセル・ミディ駅午前十一時四十三分発の「レトワール・ド・ノール」北の星号82列車。

アムステルダム始発の特急だが、ブラッセルで客車を増結する。バアもあるし、銀色のボディに赤い帯の入った洒落《しやれ》た列車で、機関車はフランス国鉄の電機CC40型の110号車。ただし「ル・キャピトール」より遅く、時速百六十キロまでしか出さない。

説明してやってもどうせ無駄だから、一人列車を見て廻って席へ戻って来ると、出発前の車内で、二人がまた変な問答をしていた。

「あー、僕は声がかれました。あー、声がかれました。喉頭癌かも知れんです。僕は遠藤さんより一と足お先に此の世を辞しますから、あとはよろしく願います」

「それは君、ウイスキーの飲みすぎです。もう一遍あーと言うてごらん」

「あー」

「別に変じゃないよ」

「あー、あー、ドレミファソラシド。変です」

変なのはお二方自身だと言いたかったが、黙って聞いているうちに、「レトワール・

ド・ノール」が発車した。

「やあ、動き出しました。遠藤さん、そろそろカクテルでも一つ頼んで下さいますか」

「頼んでもいいけどネ、君。ルーブルも大英博物館も何にも見ずに、ホテルの部屋で酒ばかり飲んでいては、実際身体に毒ですよ。あんた一体何しにヨーロッパへ来たですか」

「はあ」

我々三人には、各都市で在住日本人に話をする義務が課せられているのだが、其の役目を果す時以外、いや、役目を果す直前直後にも、まんぼうは手から酒杯を離そうとせず、見物なぞ、自分から進んでは一切しようとしなかった。

「遠藤さんに伺いますが」

「何ですか」

「ヨーロッパへ来たらルーブルを見なくてはいけないという規則でもありますか」

「ありません。そんな規則はありませんが、たまには気晴らしに公園を散歩するとか、買物に出てみるとかしたらどうかね。われわれ二人、これでも北君の健康を心配しとるんだ」

「すみません」

「多少は、買物ぐらいしたですか」

「しました。久しぶりのヨーロッパ旅行ですから、今回絵ハガキを六枚買いました」

「絵ハガキ？　北さん、君、あの可愛いお嬢さんに何もお土産を持って帰らないつもりか」

「はあ。実はそれで、遠藤さんにお願いがあります。全く土産が無くては可哀そうですから、帰りのジャルの中で、スチュワーデスに頼んで、飛行機の飴《あめ》を十ほど貰って下さいませんか。僕はそんなこと、とても言えないのでお願いします」

発車後すぐ昼飯の時間で、白服蝶ネクタイのボーイが席へメニューを配って来た。鮭のグラタンに始まりチーズとデザートで終る四十フランの定食である。ビールと白葡萄酒を注文して、窓の外を眺めながら座席で飲み食いを始めた。

「北さん」

と、今度は私が口を出した。

「御宅の家系に、僕は敬意を払っている。第一に茂吉先生を尊敬しています。斎藤茂吉の歌なら、いくらでもそらで言える。『最上川逆白波《さかしらなみ》のたつまでにふぶくゆふべとなりにけるかも』『涙いでてシンガポールの日本墓地よぎりて行きしこともおもほゆ』『鼠の巣片づけながらいふこゑはああそれなのにそれなのにねえ』」

「もういいです」

と、まんぼうが遮《さえぎ》った。

「もういいですと言わずに、最後まで聞きなさい。斎藤茂吉は昔、ドイツ留学中、旅はもっぱら汽車だったにちがいない。あなたの御母上はまた旅行好きの面白いお婆ちゃんだし、兄上の茂太先生はあの通りの飛行機マニアなのに、その息子であり弟である北さんは、汽車に乗っても全然面白くないんですか」

「いやいや、非常に楽しいです。殊《こと》にヨーロッパの汽車は大好きです」

ちっとも楽しくないような顔で、まんぼうは答えた。

「じゃあ、どうしてトゥールーズ行の時つき合ってくれなかった？」

「あなたのような変な人と汽車なんか乗ったら、疲れるだろうと思ったからです」

それから、言い過ぎたと思ったか、

「トーマス・マンもヨーロッパの汽車が好きでした」とつけ足した。「マンは、汽車に乗る時は一等で贅沢をしたです。『鉄道事故』という短篇があります」

北杜夫が多少活き活きして来るのは、酔いが充分廻った時と、尊敬するトーマス・マンの話題が出た時だけである。

「それを聞いて、まあ安心した。変な人と言うけどね、十九世紀以後のヨーロッパ文明は、如何にして花開いたか？　鉄道ですよ、鉄道。此のTEEについて、少し説明をしましょう」

「はあ」

「此の『レトワール・ド・ノール』は、今、時速何キロで走っているか」

「知りません」

「知らなくてあたり前ですが……」

私は右の窓外を流れるキロ・ポストと自分の腕時計とを見較べながら、秒数を取り計算をする。

「只今、時速百四十二キロ」

「はあ」

何処かの駅構内にかかり、側線に赤塗りの古い軽気動車が三輛ほどとまっているのがちらりと見えて過ぎた。

以前日本の国鉄で「レイルバス」と称して使っていたのと同じ型のものだが、日本にはもういない。

「あ、ああ。いたいた、あれがいた」

「何がいたですか」

「ボギーでない気動車は、今どき珍しい」

手にナイフとフォークを握った遠藤が、むっとした様子で、

「特に重大なことがあった時以外、大声《たいせい》を発せんで下さい」と言った。「十九世紀のヨーロッパ文明が鉄道に依って開花したなどと、怪しげな高説も慎んで下さい。消化に悪いです」

「だけど、これは事実だよ、君」

　私は言った。

「北さんは、ヨーロッパの汽車旅、たいへん楽しいと言ってるが、お前さんは交通の手段として利用するだけで、汽車に乗っても何も感じないか」

「いや、ほんとう言うと、オモロイことはちょっとオモロイ。お前の気持も分らんことは無い。昔、貧乏留学生時代にリヨンからマルセイユまで乗って以来、ヨーロッパの汽車なんて二十何年ぶりやから、面白いけど、面白い言うとお前にお世辞でも使《つこ》うてるようで、それが面白うない」

「なに？」

「それに」と狐狸庵はつづけた。「飛行機より震動があって腸がダジャクするので」

「間違いました。腸がダドウするので」

「それは蠕動でしょ、ゼン。あの字はゼンと読む」

「ゼンドウですか。腸の蠕動がはげしくなるので、始終便所へ行きたくなる。それが困る」

「レトワール・ド・ノール」はブラッセルからパリまで二時間二十二分、途中一度も停車しない。昼飯のすむころ、パリ発十一時四十分、同じく無停車のブラッセル行ＴＥＥ「ブラバン」83列車と行きちがうはずだが、一向姿が見えなかった。

「おかしいな」

「何がですか」

「いやね。ブラッセル―パリ間、此の『レトワール・ド・ノール』と『ブラバン』という特急とが、上り下り一対《つい》のようなかたちになっている。列車番号も、これが82列車で『ブラバン』が83列車です」

「はあ」

ゆっくりまんぼうに「はあ」と言われると気が抜けるが、

「つまり、今、十二時五十六分でしょ。ブラッセルを出て七十三分経っています。そろそろ83列車がすれちがうころだと思うんですがね」

「ああそうですか」

「しゃべってる間にすれちがってしまったかな」

「失礼ですが」とまんぼうが言った。「僕は、汽車がすれちがってもすれちがわなくても、大したことは無いような気がするですがなあ」

もうフランス領に入っているはずだが、ベルギーの田園風景とフランスの田園風景とはよく似ていて、いつ国境を越したのか分らなかった。フランスへの入国手続と税関検査は、終着パリ北駅でやるらしい。

キロ・ポストの数字が、81、78、69と段々少なくなって、列車はパリへ近づいている。

左に水量豊かな河があらわれた。

何度目かの腸の蠕動を解決して席へ帰って来た遠藤に、

「これはセーヌ河か」

と聞いた。

「多分セーヌやろう」

狐狸庵は検札に廻っている車掌をつかまえ、

「セーヌか?」

と、フランス語で質問した。

都電の車掌のように、鞄を胸の前にぶら下げた乗客専務が、ぶっきら棒に何か答えて首を振った。

「何も知りよらへん。フランス人のくせして、セーヌ河も分らんのか、馬鹿」粗略に扱われた遠藤は、日本語で悪口を言った。「学校で地理を習わんかったんか」

それから思い返した様子で、

「ああ、ああ、あ」とつづけた。「しかし、俺がもし特急の車掌やったら、やっぱりあんまり役に立たんやろなあ」

其の時、瞑目《めいもく》してかたわらで煙草をふかしていたまんぼうが、突然、

「助けてくれ」

と呟《つぶや》いた。

一週間前に狐狸庵の話を聞いていなかったら、私はさぞびっくりしただろう。

「北さん、どうしました？　間も無く終着パリですよ」

「北さん、夢を見ててはいかん。そろそろ支度をしなさい」

遠藤も言った。

「あんたに物ごとを呑みこますのは、東京へ電話をかけるよりずっと手間がかかる。鞄を下ろして、さあ、其のコートを持って」

「はあ、どうも」

「レトワール・ド・ノール」はスピードを落し、約一分の遅れでパリ北駅の操車場を通過しているところであった。

マダガスカル阿房列車

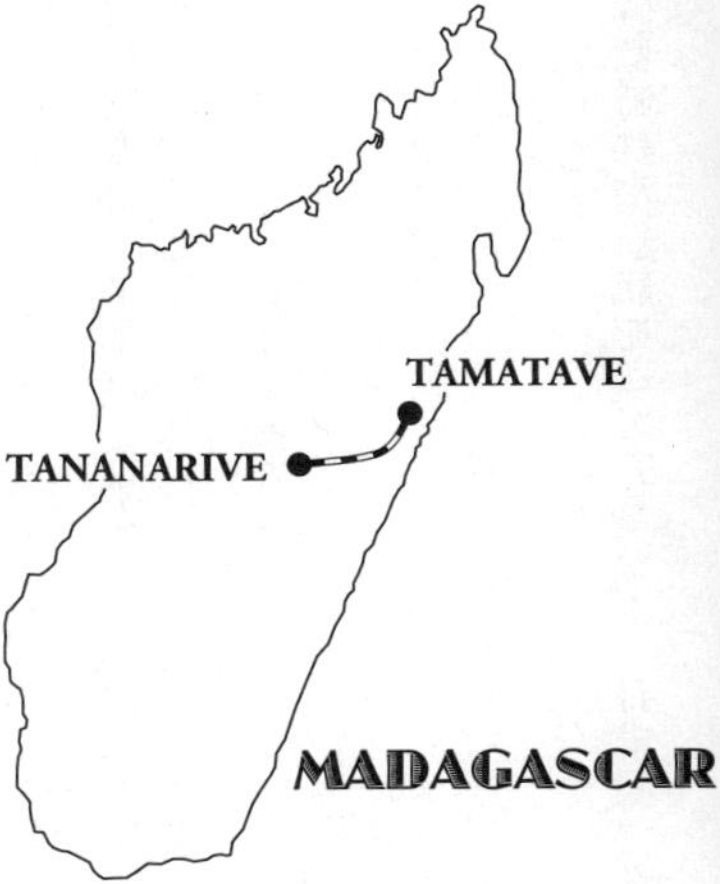

広島の小学校の地理の時間、六年生の教室の壁に掛けものの世界地図が掛っている。

「マダガスカル島。マダガスカル島は印度洋《インド》の西に位するフランス領の大島にして、総面積五十八万五千五百三十平方粁《キロ》。アフリカ東岸と、幅広きモザンビク海峡によって隔てられ、住民はアフリカ系よりもむしろマライ・ポリネシヤ系多く、人口およそ三百六十万人」

受持の先生は竹内節という年輩のやさしい訓導であった。ノット先生といって私たちは慕っていたけれども、世界の果てのそんな珍奇な島の名前は、なかなか頭に入って来ない。白墨の粉がついた篠竹の笞《むち》で掛け図を叩きながら、先生は、

「ええかの。マダガスカルは未《ま》だ貸したり借りたりと覚えるんだよ」

と教えて下さった。

「未だ貸したり借りたり。未だ貸し借り。マダカシカリ」

思えばいと疾《と》し此のとしつき、それから十年の歳月が過ぎて昭和十七年の六月、東京の下宿のラジオが軍艦行進曲を流し始めた。

「大本営発表五日午後五時。帝国海軍部隊は特殊潜航艇を以て五月三十一日未明マダガス

カル北端の要港デエゴ・スワレズを奇襲し英戦艦クヰン・エリザベス型一隻並に英乙巡アレスーサ型一隻を撃破せり。繰返します」

　不意に、未だ貸し借りのノット先生の顔が頭に浮んだ。私どもは卒業論文準備中の大学生であったが、此の時から四ヵ月のちに予備学生として共に海軍に投じた。「共に」というのは、生き残る同期生の中に、後年マダガスカル島の村長さんのような役廻りにつく友人がいたからである。帝国海軍の勢威は、私どもが入隊したころを境にしてだんだん振わなくなって行った。

　それからまた、二十年近い歳月が流れた。戦争に負けた日本が豊かになって、昭和三十六年の春、私はどくとるマンボウ北杜夫の華やかな結婚式に招待を受けた。宴半ばに祝辞の指名をされたので、

「ええ、新郎の出世作である『どくとるマンボウ航海記』を私は愛読しておりますが」

　と、立ち上って挨拶《あいさつ》をした。

「マンボウ航海記の冒頭に、アタオコロイノナという、マダガスカル島に棲《す》む、何ですか、へんな神さまみたような妖怪のようなものが出てまいります」

　北さんは、此の変化《へんげ》のものに取り憑《つ》かれ、六百噸《トン》の汽船で半年間のヨーロッパ航海という途方もない旅に出られた模様でありますが、不審なことにドイツ国ハンブルクの港へ上陸なさると同時に、アタオコロイノナの勢威が振わなくなって来る。はっきり申して『航

海記』が面白くなくなって来ます。何故であろうかと年来謎に感じておりましたが、今度其の謎が解けました。彼地《かのち》で、アタオコロイノナより他のものが北さんに取り憑いたのです。それが、其処に坐っていらっしゃる新婦喜美子さんでございます。美女が取り憑いたので、アタオコロイノナは驚いて逃げ出しました。

ほんとうはどちらがどちらに取り憑いたの、知る由《よし》もない。新婦は「失礼な」と憤慨したかも知れないが、そんなつもりではなく、とにかくそういうことで辻褄《つじつま》を合わせた。

三島由紀夫さんが同席していた。タキシード姿の三島さんは、披露宴の席でよく笑った。まんぼうの先輩にあたる慶応病院医局の先生が、某流行作家の名前を挙げて、

「あの方のように大成なさい」

と励ましの言葉を述べた時も、大きな声で笑った。

私の半生で、マダガスカル島が意識にのぼったのは、多分此の三度きりである。さらに十四年ののち、まんぼう先生と二人でアタオコロイノナの国へ旅立つことになろうとは、想像もしなかったが、前後四十余年の間に、特殊潜航艇の勇士はもとより、竹内節先生も三島由紀夫さんも、お手本にされた流行作家もみんな故人になった。「フランス領の大島」はマラガシー民主共和国の名で独立した。

独立国マダガスカルの首都タナナリヴに、色んな用向きで現在五十人ばかりの日本人が暮している。其の日本人集落に村長のような顔をして住みついた件《くだん》の旧友から手紙が来た。

「マダガスカルは美しい緑の島で、生きた化石として名高いシーラカンスをはじめ、動植物相が面白く、地質学的文化人類学的にも極めて興味深いところ。遠藤周作、三浦朱門、北杜夫、堤清二らの諸氏と誘い合せて一度来遊如何。小生も当地にては比較的閑暇の多い毎日ゆえ出来るだけの便宜《べんぎ》は計る。特殊潜航艇のデエゴ・スワレズや、日露戦役の時バルチック艦隊が二カ月間入泊待機していたノシベの港等、戦史の趾《あと》を訪ねるのも面白からん」

村長は故あって、こういう文士どもに馴染《なじみ》がある。もっとも、私のように三十三年来の旧知というわけではない。折角の厚意だから、次々電話をかけてみたが、三浦も辻井喬の堤清二もうんと言わなかった。遠藤狐狸庵は、

「アホらし。誰がそんな旅行、いっしょに行くもんか。又お前の阿房列車の肴《さかな》にされるだけやないか」

と言った。

「汽車が無いんならええけど、マダガスカルにも汽車ぐらい走っとるやろ」

「走ってるようだ」

「乗るやろ、お前」

「あれば乗るかも知れん」

「俺たちをいっしょに乗せたがるやろ」

最初から其のつもりが無いこともない。

「見てみい。どこの阿呆がつき合うもんか」

「それではと、――北はどうかな。北杜夫には未だ連絡をしそびれてるが」

「あれは駄目や。あいつは今、鬱の状態やから、そんな遠くへの旅行、到底無理や」

断定的に遠藤は言ったが、駄目のつもりで声をかけると、意外なことに鬱のまんぼうが、

「行きたいです」

と、二つ返事で承知した。

「行ってくれますか。先般の欧州旅行にお懲《こ》りもなく、それは万々かたじけない。村長に出来るかぎりの款待《かんたい》をさせるようにしましょう。ついては何でも希望を言って来いとのことなので、向うで何がしたいか見たいか、遠慮なしに申し出て下さい」

「別にありませんが、まあ、蝶々やかぶと虫の珍しいのでも見られれば僕は嬉《うれ》しいです」

それでマダガスカルへ返事を出した。

「人選完了。二名だけで御厄介になりに行く。北杜夫は蝶甲虫類の採集希望。僕はマダガスカルの鉄道試乗を希望。他に特に要望事項無し」

折返し村長より、

「当方、汽車に乗りたいとかかぶと虫が見たいとかいう渡航者を迎えるのは初めてなるも、其の用意はしおくにつき、到着日時決定次第通知されたし」

と言って来、二人は七月中旬羽田を発《た》って、内田百閒先生流に表現するなら「居候八杯目にはにゅっと出し」の心構えで村長宅へころがりこむことになったが、ころがりこむまでが、印度洋を渡って赤道を越えて、ずいぶん遠かった。

飛行機の中でも、まんぼうは真実鬱らしくて口数が少なく、冬眠中の様子だが、時々座席で独りごとを言いながらごそごそやり出す。

「冷房がききすぎて少し寒いです。あれは、その、どこにあるかな」

「毛布ですか」

「はあ」

私が立ち上って、ハットラックから備えつけの毛布を出して差上げる。

「次の着陸地まで、あとどのくらいですか」

「約二時間半です」

「何処ですか」

「印度洋上の、セイシェルズという英国領の島です」

「マラリヤの予防薬は持って来て下さったでしょうな」

「持って来ました。持って来たけどね、北さん。僕はあなたの侍医か看護卒になったような気がするよ。本来君の方が医者なんだぜ」

か」

「眠れないなら謎々でもしよう。理科系御出身の北さんに伺いますが、赤道を越えてジェット機で地球を縦に飛んでるとね、其の間に地球が横へ自転するでしょう。マダガスカルへ向けて飛んでいるつもりがブラジルへ着いたというようなことが起らないのは何故ですか」

「それは起りません」

「何故起りませんか」

「忘れましたが、何とかの法則です。大砲の弾を真上に打ち上げると、同じ所へ落ちて来ます。飛行機の中でヤッと飛び上っても、地球自転の影響でうしろへ吹き飛ばされたりはしません」

「しかとそうか」

「やってごらんになるといいです」

「やってみることはない。気が狂ってると思われるといやだ」

「思われてますよ、もう」

まんぼうは、鬱が昂じて訪客が煩《わずら》わしくなると、玄関に「当家の主人目下発狂中」と貼り紙を出すという噂があった。出発前ある会合で知人たちと顔を合わせたら、狐狸庵が、

「みなさん、御覧下さい。気の狂ったのが二人マダガスカルへ行きます。僕もさそわれま

したが、僕は気が狂ってませんから断わりました」

と触れて廻った。

「でも、遠藤さんは、マダガスカルが何処にあるのか、よく分ってないんじゃないでしょうか。あの人は、ほんとうに変な人ですから」

と、まんぼうが言った。

「其の可能性は大いにありますな」私は未だ貸し借りの話をした。「僕の周囲でも、南アメリカだと思っている人があったり、淡路島ぐらいの島かと言う人がいたり――。ところで、遠藤は来なかったけど、あの男によく似た役者が此の飛行機に乗ってますね」

「誰ですか」

まんぼうは気がつかなかったようだが、いかりや長介さんが東京からずっと一緒であった。

「8時だヨ！　全員集合」というテレビ番組で熱演しているいかりや長介さんは、どうかした拍子に狐狸庵そっくりに見える。人気稼業の人の独り旅に声をかけるのは心なき業《わざ》だろうと思って知らん顔で通したが、ほんものもやはり遠藤周作に似ていた。アフリカの猛獣狩りにでも行くのか、サファリ・ルックといったいでたちであった。

香港、コロンボ、セイシェルズから、アフリカ大陸に取りついてタンザニアのダル・エス・サラーム、ケニヤのナイロビまで二十一時間。其処で贋遠藤の姿が消え、二た晩接続便を待って再びダル・エス・サラーム。マダガスカル航空に乗りかえ、モザンビク海峡の小さな独立国コモール島のモロニ。横文字で「独立」と染め抜いたシャツを着ている若者どもをたくさん見かけるので、「いつ独立しましたか」と聞いたら、「先週独立した」。モロニからマジュンガ、ほぼ一日がかりでマダガスカルの都タナナリヴまで、「黄金餅」のおとむらいのように長くて疲れた。

度々の乗り継ぎの間に、まんぼうのスーツケースの把手《とって》がこわれてしまった。躁状態の時には、「矢でも鉄砲でも持って来い。荷物の一つ二つが何だ」と勇ましい気分になるそうだが、鬱だと、把手の取れたスーツケースがちゃんと飛行機から下りて来るかどうか、そういうことが此の神経科医の神経をひどく悩ますらしい。

「荷物が出て来なかったら、僕は怒鳴り出すかも知れんです」

「何と言って怒鳴りますか」

「ここな無礼者と怒鳴るです」

幸いまんぼうが英語で怒鳴るのは聞かずにすんで、東京を出てから三日目の晩、どうにかタナナリヴ郊外の村長の家へ無事到着した。

一と風呂浴びて、南印度洋産海老《えび》のてんぷら、烏賊《いか》の刺身のおもてなしで酒盛りになったが、高地のせいかアルコールの廻りが早い。村長と私の言葉づかいが三十三年前に戻って行くのを、まんぼう先生は怪訝《けげん》そうな面持で眺めていた。

「おい、貴様のたっての希望だから、汽車の座席は取っておいたが、時々脱線するらしいぞ。貨物列車の脱線したのを、みんな別段騒ぎ立てもせずにぼやあッと眺めたりしてるがね。朝七時発で、東海岸の港町まで十二時間がかりだ。全線通しで乗る気かい？」

私の返事を待たずに、

「いやア」と、まんぼうが露骨に迷惑そうな顔をした。「僕はそんな物騒な汽車に十二時間も揺られるのは御免蒙《こうむ》りたいなあ」

「俺もどっちかといえば閉口なんだ。――北さん、こうしましょう」村長が一案を示した。「こいつが乗るというなら先に乗せておいて、われわれは朝めしでもゆっくり食ってから、車で追いかけましょうや。半道程度でたくさんですよ」

「車で列車に追いつけるか」

「のろいから、いくらでも追いつけるさ」

窓をあけると風が爽《さわ》やかで、スエーターが欲しい涼しさである。着任する時、クーラーのためにと思って用意して来た予算で煖房器《だんぼう》を買ったよと、村長が言った。

そのうちすっかり酔いが出て、あてがわれた煖炉つきの部屋へ引き取った。夜半眼がさめると、枕の下の方でしきりに虫が鳴いている。雪を見ることは無いそうだが、七月半ばが此処では秋の末なのだなと、あらためて気がついた。

翌日は日曜で、みな休息。午後、村長夫人が動植物園へ連れ出してくれた。途中、鬱蒼と繋った大木の並木道を通る。

「ジャカランダですよ」

「ああ、ジャカランダね。ハワイのマウイ島で、咲いてるのを見たことがあります。これだけの立派な並木が、今をさかりと紫の花をつけたら、さぞ見事でしょうな」

「それはそれは、ほんとに美しいんです」

と村長夫人が言った。

「花の季節に、日本から偉い人がいらっしゃいました。御一緒に花の下を散歩していると、天上からしきりに露が降ってまいります。其の方、たいへん感激なさって、ロマンチックな気分におなりになって、詩を作ろうとなさいました。『ジャカランダの花の露降るタナナリヴ』。悪いと思いましたけど、わたくし御注意申し上げたんです。ジャカランダの樹には、小さな蟬《せみ》がいっぱいついておりますのよ。降って来るのは、蟬のおしっこでございます」

動物園では、カメレオンだのマダガスカル島特産の天然記念物きつねざるだの、失礼ながらまんぼうによく似た動作の緩慢な小動物が色々飼われていたが、彼が昼寝から醒《さ》めたような眼つきになったのは、標本室へ入って蛾や蝶やカナブンブンのコレクションを見つけた時であった。

「いやあ、これは。以前の僕だったら、一と箱かッさらうなり、わッと逃げ出したかも知れんですなあ」

カナブンブンのどこがそんなに有難いのか私にはよく分らないが、お互いさまで、向うは汽車のどこがそれ程面白いかよく分らないのだろう。まんぼうに気の毒だが、次の日が、私にとっては待望の汽車旅の日であった。

「七時発だよ。車を頼んどいてやるから、君は六時半にうちを出ろ」

「分ってる。六時二十五分までに支度をすませておく」

「われわれは自動車で追いかけるから九時出発でいいですが、北さん、八時四十五分に朝めしを終って下さい」

まんぼうは「五分前」とか「十五分前」とかいう訓練をうけたことがないから、またしても変に思うらしく、

「海軍には、何か、いらいら精神といったようなものがあったのでしょうか」

と言った。

其の晩は、嬉しくて、酒をたくさん飲んでよく眠った。

マダガスカル国有鉄道タナナリヴ本駅は、独立大通りと称する広い通りの突き当りにある。中央に時計塔、フランス統治時代の壮麗の名残をとどめたような石造建築だが、朝早くの列車につめかける人もあまりあるまいと思っていたら、それは大間違いであった。来てみると、大きな弁当の籠《かご》をさげた家族づれ、はだしの爺さん、シーツというかショール

というか白い布をまとったおかみさん、構内は色の黒い老若男女でごったかえしている。

改札が始まって、皆がプラットフォームへ駈け出すと、二等車は通勤時の横須賀線のような押し合いへし合いになった。人々の間を縫い、窓から窓へ声をかけて、頭にパン、ジュース、煙草、何かの揚げ物など載せた駅弁売りが行く。

一、二等急行タマタヴ行と言いたいが、実際は一、二等各駅停車で、列車番号が131列車。中央部の高地タナナリヴから東海岸のタマタヴ港まで三百七十一・四キロ、東京名古屋間ほどの距離を十一時間十四分かけて走る。昨今地名人名をすぐ忘れるので、「棚並ぶ」より「玉食べ」行と、竹内節訓導流の覚え方をすることにした。

途中停車駅三十四、始発から全線つき合ってくれるのは、村長夫人と村長の小さな娘二人、それともう一人、陽によく灼《や》けた通訳の若者が加わった。見事に黒いので、日本語の出来るマダガスカル人かと思ったら、マダガスカル語の出来る日本人で、土地の日本農園に働いている。本職は獣医さんだが、日本がつまらなくなって飛び出して来た、片手に鋸《のこぎり》片手にやっとこを握らせれば、牛だろうが豚だろうが、外科、産科、歯科、何でもやりますと言う。人見識《みし》りをしない快活な青年で、名前を告げられたが、これも「熱血牛の歯医者」と覚えることにした。

一旦一等車の座席におさまってから、牛の歯医者に荷物の番を頼み、列車の編成を見て歩く。機関車は動輪四軸のディーゼルで、番号がBB223。次が荷物車兼郵便車——、日本式に表示すれば「オユニ」。次がわれわれの乗る一等客車、そのうしろに二等車六輛とカブース（乗務員用貨車）一台を引っぱる。フランス国鉄の略号はＳＮＣＦだが、マダガスカル国鉄はＣＦＭ、各種のこういう記号といい、暗緑色の塗装といい、すべて薄よごれのフランス流であった。

座席に戻ると間もなく定刻七時、機関車とも十輛編成の１３１列車は、のろりのろりと動き出した。七分後にはもう次の駅に停車する。此のゆっくり汽車旅を一番喜んだのは、村長の娘たちであった。村長は私らの仲間うちでももっとも晩婚だったので、夫人が若く娘は幼い。未だ小学校の二年生と一年生で、二人とも乳歯の落ちた歯抜けであるけれども、母方のおばあさんが白系露人で四分の一ロシア人の血が流れているから、混血児特有の洒落た可愛い顔立ちをしている。歯抜けのちびどもは、

「小父《おじ》ちゃん、見てごらん。瘤《こぶ》牛がいる」

「小父ちゃん、プラットフォームをにわとりが跳んで逃げて行く」

と、初めての汽車旅に、窓外を指してしきりにはしゃいで、時々母親から、

「少し静かになさい」

と叱られた。

大分スピードが上って来たなと思うと、それがせいぜい時速四十キロくらいで、すぐブレーキがかかって駅に入る。五分走ってはとまり、十分走ってはとまり、それでも次第に

都が遠くなって、あたりに枯れた稲田やじゃがいも畑、バナナの林、えんどう豆の畑、ミモザの花、秋とすれば季節はずれの桃の花、さまざまな田園風景がひらけて来た。

青年獣医が時刻表をのぞいて、

「次はアンボヒマナンボラですか。『金持ちの岡』という駅です」

と説明してくれる。

「つまり、富岡だね」

「そうそう。だけど、アンボヒマンジャガすなわち『貧乏人の岡』、ムラマンガすなわち『マンゴが安い』、こういう駅名は日本に無いでしょう」

「さあ？　富岡の反対が日本にあるかどうか、考えてみよう」

「マンゴが安い」は「棚並ぶ」から百二十二・一キロ地点で、熱海の先あたりの町まで行くのに三時間半かかるが、遅い列車は楽しくないという理由は無い。のろくて不愉快になるのは用がある時の話だ。

二等は超満員だが、一等車はちらほら立っている人がある程度の混みようで、私たちと、夫婦者らしい若いフランス人二人を除くと、全部マダガスカル人の乗客である。客車の中央部に便所が一つ、天井に古風な扇風機がたくさんついている。となりの二等車にバアがあって、ビールとウイスキーぐらい供するらしいが、混雑をかき分けて行ってみたいようなバアではなかった。それより、機関車では誰がどういう具合に此の列車を運転しているのか、其の方がおいおい気になって来た。

五つ目の駅で、私は、

「ちょっと失礼」

客車を抜け出して、ディーゼル・エンジンの方へ走って行った。

先ずカメラを向けて、

「写してもいいか？」

それから、

「乗っても構わぬか？」

身振りで黒い機関士に訊《たず》ねると、「おいでおいで」と手招きをする。それで、鋼鉄のステップをよじ登り、前部の扉をあけて運転室へ入った。三人の乗務員のかしらが、口髭《ひげ》を生やし青い作業衣を着たフランシスコ・ザビエルという名の中年男であった。

「フランス語を話すか？」

「フランス語は話せない。あんた、英語分るか？」

「少し分る。日本人かね」

「日本人だ」

三人の足元には、弁当の包みと毛布の包みが置いてある。一人が私のために、右側の機関助士の席を空けてくれた。駅長のサインのある伝票をタブレット代りに受け取って、列車はすぐ発車した。

発車する時にはピーともポーともいわさないのに、走り出すとむやみに警笛を鳴らす。鳴らすわけで、線路わきを人が平気で歩いている、あひるや雞《にわとり》が軌条の上に迷いこんで来てはバタバタはねる。しかも一メートル・ゲージの狭軌で屈曲が多く、見通しが頗《すこぶ》る悪い。ぶらんこの紐《ひも》のような汽笛の把手が、機関士席と助士席の上へ垂れ下っているのをつかんで、時々私も鳴らしてみた。いたずらにやるわけではない。はばかりながら、今首都を去る四十一キロと、石の粁程標も読めるし、別の標識に95、70と数字が見えるのはカーブの半径を示しているのだということも分る。「GA」と書いた四角な板があらわれれば「駅近シ」の意味である。必要と思われるところへさしかかると、強く紐を引っ張って鳴らす。フランシスコ・ザビエルが、「其の呼吸」と言うようにうなずいた。

いたずらではないつもりだが、ちょっと面白い。歯抜け娘たちを機関車に乗せてやりたくなり、次の駅でうしろへ声をかけたら、牛の歯医者が機敏に一人ずつ横抱きにして駈けこんで来た。

「来たか、よしよし。どうです、此の眺め。前の方が全部見えていい気分だろう。此の紐をこう引っ張ると、ピイッと機関車が泣くよ。其の小父さんが鳴らしていいと言ったら、鳴らしてもよろしい」

説明しているところに、郵便車から下りた警乗の警察官が機関車へ顔を出し、何か怒鳴り出した。

「叱言《こごと》かな」

「怒ってますよ。あの日本人は許可証も無しに機関車に乗りこんで、おまけに二人のガキまで連れこむのはけしからんと、まあそういうことを言って怒っとるです」

熱血青年はフランシスコ・ザビエルといっしょになって、しきりにマダガスカル語で抗弁した。そのうち、警官の方が言い負かされたか、頭を振り振り郵便車の方へ帰って行った。

「何だって？」

「いや、適当にごまかしましたから大丈夫です。此の機関士のおっさんが、『どこの国でも警察は煩《うるさ》いもんだ。怒るのが商売だから気にしなくていい』と言ってます」

ザビエルが、黒い顔でにやッと笑った。

やがて列車は、急湍《きゅうたん》の落ちる峡谷にかかる。あたりが原生林のようなユーカリの森になった。鉄橋を渡りトンネルを抜け、ＢＢ２２３は電気掃除機の如き音を立てて制動をかけながら、山道を下って行く。トンネルが狭く、壁が迫って来て、首を出すと危険だが、ちびも私もまことに心楽しい。

「マダガスカル国鉄にも、蒸気機関車はもういない。此の路線は一九〇八年に一部が出来、一九二八年にタマタヴまで全線開通した。それまでは、みんな頭に荷物を載せて、都と港の間を一カ月がかりで歩いたものだ」

ザビエル機関士が解説するのを、獣医が通弁してくれる。

九時半すぎ、時刻表より少し遅れて「貧乏人の岡」に着いた。村長夫人が心配しているかも知れないので、娘どもを客車に返す。其の時警乗が、抜け目なく青年獣医にまいないの煙草を請求した。

此の駅で、ザビエルたちは構内に積み上げてあった木《こ》ッ端《ぱ》を一山、機関車へ積みこんだ。ユーカリの匂いがした。

「何に使うのか」

と聞くと、

「夕方乗務を終ったら、これで米を炊いて食う」

アフリカの黒人とちがって、彼らは肉食狩猟の民ではない。

すれちがうはずの貨物列車が一本、何処にいるか分らないから発車出来ないという頼りない話で、おくれがだんだんひどくなり、発電所のあるアンジル——獣医の訳では「電気」駅——が十時、「マンゴが安い」十一時二分、在住日本人たちが「峠の茶屋」と呼んでいるペルネーの町アンダシベ駅へ到着したのはちょうど正午、三十七分の遅延であった。

プラットフォームに、まんぼうの顔がちらりと見えた。

「やあ、いたいた」

たった一と晩見なかっただけなのに、大層なつかしいお顔のような気がした。眼があらぬ方を向いているので、

「おおい、こっちだこっちだ」

「なんだ。機関車に乗ってたんですか」

と、まんぼうがゆっくり歩いて来た。

「どうです？　北さんも乗ってみませんか」

「いやいや」

渋面を作ってまんぼうは辞退した。寝不足のせいか、乗る前から疲れ果てたような様子をしている。

「汽車が遅れてよかった。危うく追いつきそこなうところだったよ。悪路で車のエンジンがいかれちゃって、今着いた」

と、村長もあらわれた。

列車は「峠の茶屋」で一時間停車する。其の間に、タマタヴ六時発の上りタナナリヴ行132列車と入れちがい、人々は駅弁を買ったり車内で持参の弁当を開いたり、或いは駅の構内食堂でフランス風の洋定食を食べたりする。一等車の中でも、洗面器大の食器山盛りの米飯にかしわと野菜の汁をかけて食い始める風景が見られた。

新手《あらて》が二人加わって賑やかになったわれわれ一行は、存外上等の駅食堂で、白いテーブル・クロスをかけた食卓についた。ビールが出る。冷肉が出てサラダが出る。次がタン・シチューで次がロースト・チキン。日本でこんな豊富な昼食を摂ることはめったにないが、朝早く起きて、機関車に乗って、腹が空いているから美味い。それに、サラダは温室野菜の味でなく、チキンはブロイラーの味とちがい、食っている間にベルの鳴り出す心配もない。デザートの揚げバナナ、コーヒーまで、ゆっくり食ってゆっくりしゃべっていればよい。

「小父ちゃんたらネ、機関車の汽笛むちゃくちゃに鳴らすんだよ。変な小父ちゃん」

と二年生の歯抜けが言った。

「おいおい、駄目だ、そんなことを言っちゃあ。あれはむちゃくちゃに鳴らしてるんじゃない。そういうことを言うと、あの小父さんがまた気に病む」

私は子供たちに、まんぼうの人となりについて説明をした。

「ウツという病気であんなむつかしい顔をしてるけど、ほんとはこわくないんだ。北の小父さんの書いた本に『怪盗ジバコ』というお伽話があってね、御機嫌のいい時には『おれはジバコだ、ジバコだじょ、どうだみなちゃんこわいだろ』と歌を歌いながら人のうちへやって来るんだって。面白いから君たち、もっと友だちになってごらん」

まんぼうは相変らず渋面で、黙々とビールを飲んでいる。

「峠の茶屋」発車後、ビールの酔いが出て客車で一時間ほど居眠りをした。眼をさました時には、左手に大きな河が流れていた。小雨が降っており、河中に奇岩巨岩が突兀《とっこつ》として寝覚めの床の如き風景である。

昼前、何処かの駅で「海抜八八六米《メートル》」の標示を見たが、千二百メートルの高地タナナリヴからよほど下って来たらしい。植物相も変った。

「島というけど、マダガスカルの面積は日本の一倍半だからね」

と村長が言う。

旅人木《りょじんぼく》がたくさん眼につく。芭蕉の葉を扇型に揃えたような変な植物だ。

「あの葉の並び方で方角を知ったのだとも言うし、旅の途中、葉柄の水を飲んで旅人が渇をいやしたのだとも言います」

と、牛の歯医者はマダガスカルのことなら何でも知っている口ぶりであった。

コーヒーの樹が白い花をつけている。列車は度々トンネルを抜ける。

「国境の長いトンネルを抜けるとコーヒーの林だった、というのどうだい」

と、昔文学青年だった村長がつまらぬ感想を述べた。

一等車の壁に、フランス語で「吸殻は必ず灰皿に捨てること」と書いてあるが、盗まれたのかどうか、灰皿なぞ一つもついていない。煙草を吸ったり、田舎の駅で一房日本金五十円のモンキー・バナナを買って食ったりして景色を眺めていたが、そのうち頃合いを見て獣医と私とはまた機関車へ移動した。

半透明の緑の碍子《がいし》をつけた鉄道電話の電柱が、屈曲した鉄路に沿うて何処までも何処までもつづいている。線路の上におおいかぶさった芭蕉の葉や竹の小枝が、時々ピシリと機関車のガラス窓を打つ。ザビエルと私は、のべつ汽笛を鳴らしていなくてはならない。

一度、前方レールの上に腰を下ろしている男の姿を認めて、列車は急ブレーキをかけた。黒い布をまとった其の男は、警笛を鳴らしても立とうとせず、のろいようでも機関車は忽《たちま》ち近づき、自殺するつもりかと思った時、二十メートルほど先でひょいと森の中へ逃げこんだ。まんぼうなみに万事おっとりのフランシスコ・ザビエルが、さすがにむつかしい表情で舌打ちをした。

タナナリヴを去る二七〇・八キロのブリカビユという駅まで来ると、場内信号が「停止」になっていた。四角な信号板が赤と白の市松模様だと「停止」である。「止マレ」の理由が分らない。三つ四つ警笛を鳴らすと、駅員が駈けて来て、笑いながら信号板を裏返し、黄色の「進行」に変えた。要するに忘れていたらしい。こういうことばかりしているから、遅れがどんどんひどくなる。旅人木の高原をめぐり下り、長い橋梁《きょうりょう》を渡って、行く手に印度洋が見えて来た時には、もう夕暮が近かった。マダガスカルは東アフリカ諸国と同じ時間帯に入っているため、日が落ちるのが早い。

終着タマタヴ港まで未だ八十キロばかりあるが、ザビエルたちは此の海岸駅で乗務交替し、ユーカリの木ッ端で夕飯をかしぐ。駅舎の向う、白い浜に寄せて砕ける怒濤《どとう》が見えた。彼らとねんごろに別れの握手をして、今度こそ本式に客車へ立ち戻った。小さい娘たちは、私のためにトンネルの数を二十九まで数えたあと、疲れて眠っていた。

「海へ出たな。六時十何分着と言ってたから、あと三、四十分だろう」

と村長が言った。

私と青年獣医とは、顔を見合せた。時刻表をチェックしているのは、此の二人しかいない。

「三、四十分……。そうね、もう少しかかると思うよ」

実際は二時間おくれている。

「長いですなあ」と、まんぼうがうんざりしたように言った。「これで、帰りも汽車に乗れと言われたら、僕は生涯阿川さんを恨《うら》むですぞ」

「峠の茶屋」で彼らと一緒になってからでも、すでに六時間以上経っている。それで走った距離といえば百六十キロ足らずだから、長いと思うのも無理はない。初めのうち、

「此の三十年間、東奔西走ろくに休暇も取らずに働いて来て、空の青いこんな国で、用も無い汽車旅なんかしていると、ふと学生時代の夏休みを思い出すね」

などと興を示していた村長も、

「君たちは一体、朝から何時間乗ってるんだ。モスコー経由でパリへ着く時間じゃないか」

と不平を言い出した。

「金をやると言われても、二度は御免だな」

「僕はもう、かぶと虫なんかどうでもよくなったです。遠藤さんを此の汽車に乗せたら、何と言ったでしょうかね」

海岸線に出てから列車は速くなり、七十キロぐらい出しているが、路線が悪いため上下左右に激しく震動する。

「面白いじゃありませんか。わたしちっとも退屈しなかったわよ」

村長夫人が取りなしてくれるけど、まんぼうは、

「まさか、脱線しないでしょうね」

と、不安そうな面持で、極力話題を転じる試みをするほかなかった。

「北さんは、マダガスカルのあと真っすぐパリへ出るんだって？　あと五、六日後にはパリにいるわけですな」

「はあ。ちょうど其のころ、日本から辻邦生がパリへやって来るんで」

「それはお楽しみでしょう」

「ええ、まあ。辻も万年躁病みたいな男ですが、阿川さんと村長さんの関係と同じで、僕

とは古い友人ですから、其の点気が楽です」

「もというのは何ですか」

「いや、はあ」

「北さんの見解によれば、むやみに汽車に乗って汽笛を鳴らしてみたりするのは、やはり精神病理学の範疇《はんちゅう》に入りますか」

「いやいや、そんなことも無いです。自分が鬱の時躁の人を見ると煩く感じますが、躁の時には躁の人を見ていて愉快ですし、僕自身、躁状態で色んな変なことばかりして、机の前に『忍耐又忍耐』などと書いて貼っておいても全く効き目がありませんから」

「効き目がありませんから、何ですか」

「だから、よく分るです」

「あなた、いやいやってね、よく分るのは失敬だよ」

「いや」

日はすっかり暮れた。右の車窓、印度洋の上に十四夜のまるい月が昇っている。

「もうそろそろでしょうか」

「もうそろそろです」

私の勘定ではしかし、あと七つ停車しないと旅は終りにならない。タンピナ、アンカレフォ、イヴォンドロ。暗い小さな駅々のプラットフォームに、電灯代りの蠟燭《ろうそく》が立ててあ

る。そのうち村長が、ついに、

「一体あと何分かね？」

と詰問口調になって来た。

「もうすぐだよ、とにかく」

「もうすぐって、東海道線で東京へ近づいているとすると、今どの辺だ？　横浜か川崎か品川か」

「川崎——、いや、品川だ」

「ほんとか、おい」

二十時二分、列車が一時間四十八分の遅れで終着タマタヴ駅へ辷《すべ》りこんでくれた時には、私の方がよっぽどほっとした。

「着いたですか。いやはや、南極大陸を踏破し終ったような気分ですな」

とまんぼうが言った。

タマタヴは古い港町で、六十年か七十年の昔、シンガポールあたりから流れ流れて来たからゆきさんが一人住みついていたという話がある。からゆきさんは晩年、土地の姐御《あねご》になって、船員相手の旅籠《はたご》を経営していたそうだ。

マラリヤの予防薬を飲んで来たが、蚊もいないしそれほど暑くもない。日本の七月よりはよほどしのぎよい。如何にも旧フランス領植民地のホテルといった感じの小ホテルがあって、其の晩は其処に泊った。港に、厳島丸と流宝丸という二隻の日本船が入港していた。

　次の日私たちは、船を訪問した。流宝丸の方は油輸送の不定期船で、たまたま入港していただけだが、厳島丸は冷凍倉庫の代りで、長く此処に錨《いかり》を入れている。アフリカ沿岸で操業中のまぐろ漁船が帰って来ると、日本からの便船があるまでまぐろを預かるのが仕事だから、船長も機関長も概《おおむ》ね暇らしい。われわれ一行の来訪を心待ちにしていて、昼はまぐろの刺身、伊勢海老、ビーフステーキ、サッポロ・ビールと、海軍の威勢がよかったころの天長節のような御馳走になった。

　食後、ちびどもはデッキの上から釣りをした。私たちは零下二十八度に冷却してあるハッチの中へ入って、カチカチのまぐろが文字通りまぐろのように積み上げられているのを眺めさせてもらった。

　町にはハイビスカスやアフリカン・チューリップ、ブーゲンビリヤの赤い花が咲き乱れて、都のタナナリヴと大分趣がちがう。半日遊び暮して、夕方のマダガスカル航空で帰途につくことにした。

　ボーイング７３７のジェット・エンジンが唸《うな》り出すと、

「僕は今回、飛行機のありがたさがしみじみ分りました」

　と、まんぼうが最後のいやがらせを言った。

　離陸してベルトのサインが消え、二十分すると再びベルトのサインがつく。飛行機は降下し始めており、翼に十五夜の明月を浴びて大きく旋回した。

「おい、どうでもいいけど早いね」と、村長が私を顧みた。「たったの三十五分だぜ。右《う》舷《げん》にもうタナナリヴの灯が見えてるよ」

「ねえ、小父ちゃん」

と、歯抜け娘までが調子に乗った。

「あの汽車、長くてほんとに疲れたわねえ」

「分ったよ。ジェット機が早くて汽車がのろくて悪かったよ。そんなことはしかし、初めから分ってるんだ」

　禁煙のサインがともって、ランディング・ギヤを下ろす音がする。スチュワーデスがマダガスカル語、つづいてフランス語の早口で何かしゃべり出す。

キリマンジャロの獅子

KENYA
L. Victoria
NAIROBI
Mt. Kilimanjaro
MOSHI
MOMBASA
TANZANIA
DAR ES SALAAM

十九世紀の末、アフリカ東海岸のモンバサからケニヤの都ナイロビへの鉄路建設中、人間に遺恨をいだいたライオンに、技術者や黒人労働者、駅長が次々食い殺される実録風の物語を戸川幸夫さんが書いている。『人喰鉄道』と題する此の作品を読んで、今も人喰線路の上を汽車が走っているなら乗ってみたいものだと思った。旅行社に問合せると、「ああ、あの汽車ですか。走ってますよ」と、事もなげに教えてくれた。

当時から七十年余の歳月が経ち、人食いお獅子はもういないかも知れないけれど、沿線に彼らの子孫が遊ぶ姿くらいはきっと見られるだろう。ライオンは猫族だから、運がよければ、夜半草原に停車中の寝台車の窓へ、今晩はコツコツと、二、三匹連れでちょっかい出しに来る程度の不気味な光景も味わえるかも知れない。汽車の窓からライオン見ればというのは、想像しただけでなかなか趣があった。

アフリカを知らないので、地図を出して詳細検分してみると、確かにモンバサから西へ、ケニヤ経由ウガンダの国まで、一本の鉄路が通じており、途中キリマンジャロの麓《ふもと》を通る。キリマンジャロの雪とライオンとが、かたみがわりに車窓にあらわれて来る往年の人喰列車は、今どんな設備でどういう風に運行しているか、きょう思い立つ旅衣《たびごろも》、マダガスカルへのついでに、取りあえずナイロビへ舞い降りた。

英領植民地の名残をとどめるホテルに一泊、赤道直下の町は朝からさぞ暑かろうと、シャツ一枚で外へ出たら、甚《はなは》だ以て意外に肌寒い。此の旅に同行ののらくら魚類は部屋で寝ていた。ケニヤッタ大通りを越え、寒さしのぎの急ぎ足で、独り印度人ピント氏の事務所を訪ねて行った。ナイロビに観光旅客の周旋を業とする店がたくさんある中で、特に此処を選んだのは何故かというと、今から十年ほど前、江田島の海上自衛隊術科学校から、私のものを読んだと言って度々手紙をくれる若者があった。江田島を卒業して護衛艦隊に配乗になってからも、文通がつづいていたが、ある時以後音信が絶えた。どうしたか知らとやがて忘れるともなく忘れてしまったころ、若者は自衛隊から転身してアフリカで猛獣狩りの案内人になっていた。其の勤め先がピント氏の店である。

「江田島君は遠くのサファリに出かけていて留守ですが、どうぞお掛け下さい。よくいらっしゃいました」

長身の印度人ピント氏が、二階の社長室で黒い大きな手を差し出した。

「さて、ミスター・アガワ。アフリカは初めてですね。どのような計画をお樹《た》てしましょう。一と口にサファリと言っても、様々な場所で様々のやり方があります。時間が無ければ、ナイロビ近郊の半日サファリ、大がかりにおやりになるなら象狩りのアレンジも私どもでいたしますし、エリザベス女王がお泊りになったトリートップス・ホテルも面白い。軽飛行機を雇えば季節によって空から動物の大移動を見るエア・サファリも出来ますが、初めてアフリカへいらした方には……」

卓上にメモ用紙を置いて、当方にお委《まか》せ下さるなら楽しいプランがどっさり揃っておりますよという構えだが、

「ちょっと待って下さい」

と、私は遮った。

「実は、私の最大関心事は、此の国の汽車なのです」

「汽車？」

ピント氏が変な顔をした。

「汽車に乗って、何処へ行って何をなさるつもりですか」

「何もしないし、何処でもいいのですが、出来ればキリマンジャロの麓を走る昔の人喰鉄道に乗って、モンバサへ行きたいと思います」

「あなたは、動物に興味が無いのでしょうか。みなさん諸外国から、ライオンや象や犀《さい》を見るために、はるばるケニヤへ来られるのですよ」

「いや、大いに興味はあります。ありますけど、私は汽車の窓からライオンや犀を見たい。ナイロビ—モンバサ間の鉄道時刻表がありませんか」

「ミスター・アガワ」

　印度人の社長は静かな口調で答えた。

「それは、二つの理由によって不可能です。第一に、汽車の窓から野獣を見ることは出来ません」

「何故ですか。戸川幸夫さんの小説を読むと、走る列車の中から、英国人がライオンを狙い撃ちする話が書いてあります」

「そんなことも、昔は出来ました。多分、五十年か六十年前の話でしょう。現在、鉄道の沿線にライオンや豹《ひょう》が寝ているなどという風景は、まず絶対に見られません。それから第二に、たとい野獣が沿線にいたとしても、あなたの乗るべき汽車がありません」

「もしもし。これは異《い》なことを承《うけたまわ》る。汽車が無いって？　私は東京の旅行社にも確かめたし、自分で地図も調べて来たのですがね」

「線路はありますよ」ピント氏は言った。「しかし、鉄道旅客は減る一方ですし、乗務員の賃金は上る一方で、ケニヤ政府は最近、旅客列車の運行を全部打ち切ってしまいました。モンバサ―ナイロビ間にも、ナイロビからウガンダへも、貨物列車以外もう走っておりません」

「そういうことですか、成る程。困ったな。江田島君はいつ帰って来るのでしょう。とにかく私は――」

江田島がナイロビに帰って来たからといって、私のために特別列車を出せるわけが無いが、なにぶん英語がたどたどしい。下手な英語で汽車々々と言う男に、相手は匙《さじ》を投げた様子で、

「それだったら、あなたは隣の国のタンザニアへ行くより仕方がない」

と、壁の大きな地図を示した。

「モンバサの南の此処が、タンザニアの首府ダル・エス・サラームで、キリマンジャロ南山麓の此の町がモシです。モシとダル・エス・サラームの間には、未だ汽車が走っています。あまりお奨め出来るような列車ではありませんが、これが東アフリカ三国で唯一の旅客列車です」

「ははあ。それはせめてもの耳よりな話ですな。発着時刻が分りますか」

匙を投げたといっても、ピント氏は決して不親切ではなかった。

「ちょっとお待ちなさい。駅へ聞きに行けば分るはずです」

と、ナイロビの本駅まで、店の者を使いに出してくれた。

使者が帰っての報告によると、隣国の此の区間も、週二回しか客車は運行していない。五百キロ足らずのところをまる一昼夜がかりの恐ろしくのろい列車だが、存外混むらしいので、寝台が欲しければ予約した方がよい。

「それでも乗りますか」

「ええ」

「ケニヤでのこれからの御予定は？」

「一人、連れがあるのですが、こちらは猛獣にも汽車にも一切興味が無くて、ホテルの部屋で寝ています。好きなのはカナブンブンとウイスキーだけという人です。アフリカの汽車に乗る前に、私は此の変な男を引き連れて、マダガスカルの汽車に乗りに行って来ます」


印度人の店に後事を托してマダガスカル島へ飛び、同行のまんぼうにも、村長にも、村長の娘にまで嫌われた陸路長旅の経緯は、前の「マダガスカル阿房列車」に書いた通りである、まんぼうはもう一度汽車に乗せられてはたまらないと思ったらしく、直行便でパリへ逃げ出し、私は一週間後、一人でナイロビへ戻って来た。


日本人観光団相手の大がかりなサファリを終った江田島が、待っていてくれた。

「しばらくだったねえ」

「しばらくです。アフリカの初印象は如何《いかが》ですか」

「初印象は、寒いよ、君」

「そうなんです」

江田島君は言った。

「日本の人は、アフリカといえば暑いところと決めていらっしゃいますが、ほんとは日本から此処へ、夏、避暑に来ていただいていい気候ですから」

そんなことはどうでもいいが、言葉がすらすら通じるのがありがたい。江田島が日本語で計画書を書き上げた。あしたの朝早くナイロビを発ち、江田島君と江田島の友人の江田島ダッシュ君と私と、三人交替で運転しながら、国道一〇九号線を南東進して先ずツァボ国立動物公園を訪れる。

其の晩は公園内のロッジに一泊、前後二日間にわたって野生の動物を充分見ていただいたら、先生はモシの近くのキリマンジャロ空港からダル・エス・サラームへお飛びなさい。ダル・エス・サラームの海辺のホテルで一夜明かせばちょうど火曜日で、モシ行の汽車が出る日になります。列車が着く朝、モシの駅に我々が車でお迎えして、アンボセリ動物保護区経由ナイロビへ帰りましょう。

広大な国の、町と公園と、汽車と飛行機の関係がごたごたしてはっきり吞みこめないけれど、江田島の樹てた計画に従うことにした。アフリカの道路事情その他が、事を必ずしも計画通り運ばせないとは、其の時知る由も無い。

「ただ、いくら乗ってても、汽車の窓からライオンなんか見えませんからね」

汽車に乗るのとお獅子を見るのとは別の事柄だということだけあらためて悟らされたが、それは止むを得ない。百鬼園先生流に言うなら、止むを得ないものは即ち仕方が無い。

翌朝、三人でナイロビを出発した。ガタの来たフォルクスワーゲンの中に、ガソリンの予備タンクが何本も積んである。それを見て、ははあ、これはヨーロッパやアメリカを車で走るのと大分わけがちがうらしいなと思った。

古風な赤塗りの、明らかに英国製と思われる蒸気機関車が、貨車を曳《ひ》いてのろりのろりと動いている。路傍では、何族か知らぬが黒人の男女が、マンゴの籠やしめた雞を手に手に、行き交う自動車の客に見せている。玉蜀黍《とうもろこし》畑、牧場の羊や瘤牛、棘《とげ》アカシヤの枝に実のようなものがたくさんついているのは、鳥の巣だそうだ。都会が遠くなるにつれて四辺がアフリカらしい風景に変って来た。原野の中を、地平の果てまで国道が一本まっすぐに延びており、車の数も次第に少なく、バオバブの木があちこちに立っている。巨木の根を掘り起して土に突きさしたような、人間でいえば容貌あまりに醜悪魁偉《かいい》なるため、却《かえ》って哲人と見られそうな、そういう奇ッ怪至極な樹木である。

運転席の江田島が、

「バオバブは、神の怒りに触れて逆さにされたという伝説があるんです」

と言った。

黄熱病の木というのもある。樹皮が黄熱病の薬になるのか、黄疸《おうだん》にかかったような木肌をしているからそう呼ぶのか分らなかった。ただし動物の方は、たまに道ばたに狒々《ひひ》を見かけるぐらいで、特に変ったのもいない。運転席の横で、江田島ダッシュが地図を見ている。

「ツァボのゲイトまで、あと約二十キロ」

アフリカについての私のイメージは、間違いだらけであった。暑いところだろうというのが、先ず間違い。ケニヤへ来れば猛獣がそのへんにうようよいるだろうと思ったのが次の間違い。十二時ちょうど、料金を払ってパンフレットを貰って、ツァボ国立公園西のゲイトを入ったが、入ってみても、動物なぞやはりいはしなかった。

「十九世紀の末ごろに較べると、アフリカの動物は十分の一に減りました。みんな、人間が殺してしまったのです。アメリカに、野獣の剝製博物館がありましてですね、一巡し終ると大きな姿見が置いてあって、『これが地上最も兇悪なる猛獣なり』と書いてあるそうですよ」

そのうち、江田島ダッシュが、

「縞馬がいる。あ、象もいる」

と、遠くを指さした。成る程月明らかに星稀《まれ》にという程度で、大草原の中に何やらいることはいる。ジラフが三頭、長い首をのばして木の葉を食っている。

我流で解釈するに、此処は多摩自然動物園をとてつもなく広くしたようなものらしい。つまり、ケニヤやタンザニアの国内あちこちに、こういう広大な自然動物園があって、アフリカの猛獣はもう、其処にしか住んでいない。ハンティング・サファリの許されている区域も、結局は同じ動物保護区なのであろう。ナイロビ郊外「ナイロビ・ナショナル・パーク」の案内書を読むと、「Do not」で始まる英文が十三項目記してあり、今は人間がきびしい規則で規制されて、野生の動物が生活を守られている。

ただ、動物園とちがうのは、餌をやる人が誰もいないことであった。動物は原則として自給自足の自炊生活で、ファーブルの言葉を藉《か》りるなら、「めいめいが替りばんこに美味しい御馳走になったり、御馳走を食べるお客になったりして暮しているのだ」。

遠近に点在する獣どもの姿を、望遠鏡で見ながら走っているうちに、キラグニ・ロッジという清潔なホテルに着いた。私たちも、此処で昼の「御馳走」を食べる。食事を終った人、食前のお酒を楽しみたい人たちが、テラスに出て、グラスを手に、正面の池へ水を飲みに来る鳥や動物を眺めていた。陽射しは強いが、風が爽やかで、テラスも食堂も静かで、まことに快い。注意書きが貼り出してある。

「お客さま方が一杯やっていらっしゃる間、動物は静粛にするよう申しつけられております。尚、逆も真につき為念」(Animals are requested to be quiet whilst guests are drinking and vice versa.)

注意を守ってお客さま方がお行儀よくしているから、獣が人間を恐れない。青衣の人かと思う大きな青い鳥は禿コウだそうだが、これが二羽三羽と、すぐ眼の前の池のほとりに舞い下りる。翼をたわめてフラップ四十度、脚を伸ばしてギヤ・ダウン、すうっと車輪から接地するジェット機に似ていた。縞馬、牝鹿のようなインパラ、そのうち仔象も水を飲みにあらわれる。こんなロッジで二、三日ぼんやりしていられたらさぞいいだろうと思うけれど、江田島も江田島ダッシュも私も日本人だから、ぼんやりしてはいられない。

「ムジマ・スプリングスへ、河馬《かば》を見に行ってみましょう」

飯がすんだらすぐ出立で、まことに忙しい。ムジマ・スプリングスが何処やら、どうせ正確に覚えられはしないから、「気楽に」ロッジから「むじなの泉」へと、手帖に書きとめた。

江田島君は、何とか私に獅子を見せようと気を使って、サファリの黒い案内人に逢う度、彼らの言葉で訊ねている。

「シンバはいないか。シンバを見かけなかったか」

シンバはスワヒリ語でライオンのことだが、どうもシンバはいないらしい。

むじなの泉では、キリマンジャロの雪が溶けて、熔岩の下から湧き出る泉となって、これより峡谷の川にそそぎ、ケニヤの高原を流れ下って印度洋に入る——、そう書いてある、其の水の中で、潜航艇の如く眼だけ水面へ出した河馬が五、六頭、気持よげに泳いでいた。

泉の向うの林の中を、巨象が一頭、のっしのっしと歩いて来る。象皮病というくらいで、真に象皮状の厚ぼったい皺《しわ》だらけの肌が熱砂にまみれ、如何にも咽《のど》がかわいて水が欲しそうだが、見ているると、人間の兵隊のように闇雲に泉へ駈け寄り伏兵に襲われて討死といった軽率な真似はしない。大してこわい相手もいないはずなのに、一歩々々踏みしめ確かめ、慎重に泉のほとりまで降りて来て、やっと水を飲み水浴をやり出した。長い鼻が、消防のホースのように放水をする。泥も水も一緒くたのシャワーだが、これ亦《また》御本人は実に気持よさそうであった。

これで、ジラフも見たし河馬も見た、象も見た。叢《くさむら》の中に遠く犀も見た。豹は木の上で、昼間はちょっと見つかりそうもないという。残るはライオンだが、是非とも無理に見なくてもいい。一番お眼にかかりたいのは汽車だということを忘れてもらっては困る。それでも私自身多少の未練があって、シンバシンバで半日暮しているうち、棘アカシヤだか傘アカシヤだかの大木の下で昼寝をしていた黒い運転手が、

「シンバなら、さっき親子づれのが十六頭いた」

と、物憂げに起き上って教えてくれた。

「どこにいた、どのあたりだ」

江田島がせきこんで聞くのに、黒人運転手は、木の枝を拾って地面に図を書いて見せた。

急遽《きゅうきょ》「気楽に」ロッジの方へ引返し、教わった道をたどって行くと、やがてあちこちの枝道から、赤い砂塵を捲《ま》いてマイクロ・バスやベンツが合流して来る。「シンバが出た」の報《しら》せで、皆そちらへ急ぐらしかった。ライオンの名所でライオンがこう珍しくては、汽車の窓から見たいなどというのは、所詮無理な望みであったろう。

丘を越え橋を渡り、二十分ほど走ると、別に何ということもない極く平凡な草ッ原に、猫族の親方が十数匹寝ていた。鬣《たてがみ》の雄はいないが、幾家族かの母子づれである。赤んぼライオンもいるし少年少女ライオンもいる。近くに、食い荒されたジラフの死骸があった。一両日前に倒したものと見え、肉に銀蝿《ぎんばえ》が群がっていて、ひどい腐臭がする。バスや乗用車が、遠巻きに、位置を変えてカメラを向けるにも彼らを刺戟しないよう、そろりそろりと行動中だが、ライオンの方では一向気が無かった。かわりばんこにあくびをしている。

あんたたちとちがって逢いたい逢いたいと探していたわけではなし、人間なんかめんどくさい、食べてあげてもいいんだけど、食べるとあとがうるさいだろ、適当なところで帰っておくれよ、麒麟《きりん》の食い過ぎで、どうもあくびが出るね。——しかし、彼らが如何に退屈そうな様子をしていようと、絶対に車を離れてはいけない、車から出たら、何が起っても責任は持てないというのが、ケニヤ国立公園での鉄則とのことであった。

ライオンどもは、時々のっそり立ち上って、恨めしげな死顔さらしているジラフの、頸《くび》の肉をかじりに行く。御馳走のところで二頭がぶつかると、長幼序あり、烈しい唸り声と同時に弱者がさッと身を避け、仰向けにひっくり返って恭順の意を表したりする。

「向うの方に一匹、往ったり来たり、横眼でうろうろしてる狼みたいな獣がいるが、ハイエナかな」

「ジャッカルです」

江田島が言った。

「序列があるのは、ライオン同士の間だけではありません。木の上に禿鷹がたくさん見えるでしょう。あいつらも待っているのです。ライオンの次がジャッカル、ジャッカルの次が禿鷹と、食う順番が決っています。蠅だけは別ですがね」

　木の影が長くなって、夕暮が近い。引上げることにした。早暁薄暮は獣どもの動きが活潑になる時だそうで、ングリヤ・ロッジという宿へ向う途中、バッファロの大群に出逢った。

「一般の人は、ライオンや象をこわがりますけど、僕たち狩猟に出て一番恐ろしいのは、バッファロと犀です。この二つは、人を見ても象やライオンのように逃げないで、突っかかって来ます。でも、バッファロ、犀、ライオン、象、豹をファイブ・ビッグ・ゲイムズと言うんですが、一日のうちに豹を除いて全部見られたんですから、まあ成功と思って下さい」

「いや、ありがとう。だけどね、江田島君。地上最も兇悪なる野獣の運転する乗りものに、僕は未だ乗ってないよ」

　ングリヤ・ロッジに着き、部屋に荷物を置いてテラスへ出ると、南緯三度三十八分とは思えぬほど風が涼しい。アフリカの落日を眺めながらカクテルを飲んで飯を食って、早目に寝てしまったが、齢のせいで夜半に眼がさめた。

嵐の音がしていた。嵐の中で、野獣の咆哮《ほうこう》が聞える。カーテンを繰ると、ホテルの裏庭の池のほとりに象が二頭来ていた。泣き声は象ではなく、林の中のハイエナの遠吠えだと次の朝教えられたが、深夜照明灯に照らされて、野生のアフリカ象が二頭、粛々と、盛り塩を舐め水を飲んでいる姿はやはり不気味であった。

昔、「あんたは象に似てる」と言って、さる女優さんの不興を買った友人がある。上野の毛蟲《けむし》、等々力《とどろき》のゴリラ、町田の狸、千葉の駱駝《らくだ》、誰もが未だ無名に近かったころの話だが、一夕みなで、かねて憧れていた女優を取り巻いた。中でも最も気味の悪い野獣が駱駝で、何からまいお世辞、洒落た殺し文句を言おうとすると、逆にとんでもない言葉を口走るという悪い癖が出て、

「猫ちゃん、あんたはインド象に似てるなあ。なあ、猫ちゃん」

とやってしまった。

教養派のお猫さんとしては、まさか自分がelephantに喩《たと》えられているとは考えないから、

「あら嬉しいわ。インドの像って、ギリシャの影響が強いんでしょ」

statueの話だと思ったらしい。それでも気づかずに、駱駝が、

「そうかなあ。アフリカの象は知ってるけど、ギリシャに象がいたかねえ」

と言ったので、今度は猫が気づいて――、不機嫌になったのは当り前でしょう。

猫と駱駝にアフリカ象の絵ハガキでも書こうかと思ったけど、やめにした。

夜が明けて、象はいなくなり、朝飯の時、江田島と江田島ダッシュが、どの道をどう通ってキリマンジャロ空港へ行こうかと相談していた。

「ツァボのゲイトで出て、ヴォイの駅を廻れないかな」

私は言った。

アフリカで文学散歩をするつもりは無いが、『人喰鉄道』によれば、ツァボ川のほとりツァボ駅の周辺は、往時人食いライオンが出没して、ずいぶんの犠牲者を出した地点である。ヴォイの駅も、人喰鉄道の重要なジャンクションで、戸川さんの著書の中に度々名前が見える。

「廻れないこともないですが、そうすると動物は見られませんよ」

「動物はもういいよ。ケニヤの汽車が見たいね。問題は、廻り道をして飛行機に間に合うかどうかです」

二人は地図を按《あん》じていたが、

「たいてい大丈夫でしょう」

私も行程を平均時速で割ってみて、先ず大丈夫と思ったのだが、それが間違いのもとになった。

ヴォイの駅に、きのうナイロビ郊外で見かけたのと同じ赤塗りの英国製蒸気機関車が長い貨車を曳いてとまっていた。どうせ乗せてはくれないのだからと、つくづく眺めたために時間を食い、ケニヤとタンザニアの国境で出入国手続きに手間がかかり、モシの町へ入ってから道に迷い、キリマンジャロ空港へたどり着いた時には、何分かの差で、イースト・アフリカン航空のダル・エス・サラーム行DC9は、すでに滑走路へ出てエンジンをうならせていた。

「しまった。あすこに未だいるんだけど、何とかなりませんか、係員さん」

「何ともなりませんな。おくにのジャパン・エア・ラインズなら、こういう場合何とかしますか」

「それはまあ、何ともせんでしょうね」

「すみませんでした」

と、江田島君が謝った。

「いや。駅を見に行こうと言い出したのは僕だから、謝らなくてもいいですよ。ただ、これで明日の朝の汽車に乗れなくなるということが、僕として甚だ困る。次の飛行機はあしたにならなければ無い。あした飛んでみても汽車が無い。どうすればいいか」

「さあ」

青い空さして離陸して行くDC9を、面白くない眼つきで見送りながら、

「此処からダル・エス・サラームへ、陸路何マイルあるだろう」

私は言った。

「此のワーゲンで、東海岸のダル・エス・サラームまで走るんですか」

「走るんですかって、それより手が無いでしょ」

「そりゃ、僕たちの責任ですから、なあ、ダッシュ」と、江田島が江田島ダッシュを顧みた。「走ってもいいよなあ。だけど、夜に入ってタンザニアの田舎道を走るには、ある程度の危険を覚悟していただかなくてはなりません」

「シンバが出るのかね？」

「ライオンじゃないです。もっと別のものが出ます」

「どんなものが出るか、君たちさえよければ、走ってみようじゃないか」

時刻は未だ午後の一時過ぎで、日が暮れるまでに六時間ある。空港の正面、晴れた空を背景に、雪をいただいたキリマンジャロの南斜面が美しく見えていた。南斜面に雪があるということを納得するのに、十五秒ほどかかった。

それから覚悟を決めて走り出したが、いくらのろい汽車でも、汽車で二十三時間要する道を車で行くのは、やっぱり遠かった。気がせくせいか、私の運転当番中、山羊をはねた。山羊の行列が道を横切るのを見てブレーキをかけ、間に合ったと思った時、突然一匹引返したのがいて、それをはねた。はねられた茶色の山羊は、鳴き声立てて足を引きずりながら集落の方へ逃げて行った。ワーゲンは忽ち集落の黒人たちに取り囲まれた。

るのがいる。

「オーケー、オーケー」

大したことないよと、にやにやしているのもいるが、おっかない顔をして詰め寄って来

「山羊は彼らの財産ですから」

江田島君が言い、二十シリングの弁償金を払って、ようやく「行け」と許しが出た。

これまで私は、人身事故も獣身事故も起した経験が無い。飛行機に乗りおくれたことも無い。一日で、生れて初めてのしくじりを二つし、縁起が悪いから運転を江田島に替ってもらったら、間もなく今度は、江田島君が白い子山羊を轢《ひ》いた。車が来るのを認めて道わきで通せんぼをしていた黒人の腕の下から、先に渡った母親をしたって飛び出したのが轢かれた。ワーゲンが停った時、黒人の男は、哀れっぽく鳴く子山羊の首をすでに刀で切り落していた。償金は四十シリング。これが山羊だからシリングですんでいるけれども、もし人を轢いたらどうするのか。

巷間旅行者の噂では、逃げ出すべきである。轢き逃げをしてよろしいというのではない、警察署のある町まで行って警官に事故の申告をしなさい、現場で下手な交渉をしていると言葉が通じないせいもあってリンチにあう恐れあり、という説があるそうだが、正しいかどうかは分らない。

日が暮れかけて来た。何が出るのか知らぬが、薄暗がりの中で警察の厳重な検問所を通

過した。ワーゲンのヘッドライトは、二度の獣身事故でこわれてしまった。残ったガラスが道に落ちて割れた。スイッチを入れて見ると、両眼とも点《つ》くことは点くのだが、裸のランプが天空を射す。無灯火で停車中の大型トラックがいるから、何も出なくても危ない。

江田島たちが、テープを貼りつけたり、

「毒蛇に気をつけろ」

と、繁みの中へ入り、木の枝を折って来てこじたり、何とか道路を照らせるように修理した。

計算上は八時過ぎに着けるはずが、九時になっても十時になっても着かなかった。予備タンクのガソリンも乏しくなり、今どのあたりかもよく分らなくなり、

「これで、ガソリンが切れたら野宿かね」

大阪発東京行の列車に乗りたいために、命がけで東京から大阪さして走っているようなもので、さすがに疲れ果て、我ながらうんざりし出したころ、やっと車がダル・エス・サラームの港町へ入って、港内にいる船の灯りが見えて来た。キリマンジャロの麓からほぼ十時間の行軍で、山は遠いのだが、着いたホテルの名前は「キリマンジャロ」といった。

ホテル・キリマンジャロで一と晩ぐっすり眠って、私は九時発の汽車に乗る、御苦労にも江田島と江田島ダッシュとは、こわれたワーゲンでもと来た道をモシへ引返すことにな

る。

タンザニアは隣のケニヤとちがって、北京と仲のいい社会主義国であった。あったというのは、飛行機に乗り遅れたり山羊をはねたりして走っている間、何主義国かよく考えなかったからだが、朝ホテルの部屋で眼をさましたら、「中华人民共和国制造」の「牛土丹牌消毒面巾紙」と書いたクリネックスの箱に気がついた。朝食後、一階のロビーを歩いてみると、人民服を着た男二人女一人、色が黒くて偉い人々の大きな写真が飾ってある。売店をのぞくと、トランプも中国製、「巧克力威化」は上海製のチョコレート・ウエファース、「撒隆巴斯」は中国経由で輸入した日本のサロンパス。——そうだ、共産中国の技術で建設したタンザニア・ザンビア鉄道というのは此の国にあるのだった、あれをちょっと見て来ようと思い立った。

江田島たちと別れ、タクシーに乗って、

「新しい鉄道の駅へ」

と告げると、

「あすこからは汽車は出ない」

と言う。出なくてもいい、駅が見たい。

「駅は見られない。扉をしめて全部鍵《かぎ》がかけてある」

「それでもいい。外からだけでも見たい」

タクシーは渋々走り出した。

十五分ほどで、泥んこ道の向う側に、壮麗と言おうか雄大と言おうか、白堊《はくあ》のヴェルサイユ宮殿風の、ただし汽車も出ないし人もいない駅があらわれた。規模においても美しさにおいても、世界有数の駅舎ではないかと思う。総人口千四百万の貧しい此の国の都にこんな駅を建てて、しかも閉めっぱなしにしておいて、どういうつもりか、人民服に頭の洗濯をしてもらっていないのでよく分らない。

実際に汽車の出る旧駅の方は、まあ場末のマーケットであった。駅長室で聞いてみたが、案内書も無いし時刻表も無いと言うから、荷物を提げてプラットフォームへ出、其処にとまっている何列車だか分らぬ列車に乗りこんだ。とにかく、汽車に乗りさえすればほっとした気分になる。

編成は、先頭が赤い英国製のどっしりした大きな蒸機、番号は6002号、次が一、二等半分ずつの寝台車、二等寝台が三輛あって、五輛目が私の乗っている一等寝台1154号車、次が食堂、そのうしろに七輛目から十二輛目まで六台の三等車をつないで、最後が車掌用のカブースと貨車一輛ずつ、総計機関車とも十五輛、定時に八分おくれの九時八分、ろばのいななくような汽笛を鳴らしてダル・エス・サラームを発車した。

しばらく椰子《やし》の林、バナナ畑、繊維を採るサイザルの畑が見えていたが、間もなく熱帯の樹海に入った。それで暑いかというと、ちっとも暑くない。

よくプレスした縞ズボンのボーイが、石鹼とタオルを持って来た。別のボーイが、昼食の予約を取りに来る。スエーターにネクタイをしめた車掌が検札に来る。一等寝台車はAからHまで、二人用のコンパートメント八室で、定員は十六人、一等客のほとんどが黒人とインド人である。私の車室Fには、四十くらいの小柄なタンザニア政府の役人が乗っていた。

「ちょいちょい汽車で旅をされますか」

「ええ。ダル・エス・サラームとモシの間を往復する時は、たいてい汽車です。飛行機より安いしバスより楽だから」

沓下《くつした》に穴があいて、腹綿の出そうな革鞄を持った黒い役人が答えた。そういえば、一等を奮発して、きのう乗りそこなったDC9の四分の一足らずの料金であった。

私たち二人のコンパートメントには、すり切れた青いレザー張りのシートの他、洗面台や鏡や扇風機や、それから窓に昔なつかしい煤煙《ばいえん》よけの網扉が取りつけてある。上り勾配にかかって、蒸気機関車は上へ黒煙、下へ白い蒸気を吐きながらあえぎあえぎ進んでいた。機関車は大型だし、客車は、薄よごれているとはいえヴィクターの赤盤のような溜色塗で、車体に「EAR」(East African Railways)の文字と紋章を飾っているが、何しろ一メートル・ゲージの単線で、腕木シグナルで、あんまりスピードは出ない。時速おおよそ十キロ前後で坂を登って行く。

幾つか駅にとまって、十一時三十分ルヴ着。デッキへ出て地図を見ると、列車は此処で西行きの線と分れ、モシ、キリマンジャロの方へ向けて北上する。アフリカ大陸全体からすれば、ダル・エス・サラーム—モシ間が大体家鴨《あひる》の脚絆の距離なのだが、二時間半走って、家鴨の脚絆の紐先ほども来ていない。それなのに、先を急ぐ様子も無く、いつまで経っても動かない。

荷物をかついだ民族衣裳のお客さんたちは三等車に乗り終ったし、機関車の給水もすんだし、それでも動こうとしないから、オレンジ売りの子供の写真を撮って小銭を与えたりしていたら、野次馬が寄って来た。

「おくれ、私にもおくれ」

と、おかみさん連中が手を出す。皮膚の色が異《ちが》っても、気が強そうなのは気が強そうで、やさしそうなのはやさしそうな笑顔をしている。

「汽車に乗りたいんだが、金が無いから五シル恵んでくれ」

と、英語で言う青年があったけど、やらなかった。

五十五分間停車して、やっとキリマンジャロ急行はルヴを発車した。実は、急行だか各駅停車だか分っていない。時々通過する駅があるから急行かと思うのだが、そうすると週二回しか列車が無いのに、これの通過駅では人はいつ汽車に乗れるのだろう。

昼飯の時間になったので、食堂車へ行って予約した席に坐って生あったかいビールを飲んでいたら、二等寝台車の方から、ヒッピー風の白人の若者たちがどやどやと入って来た。騒々しいくせに不愛想で、男の子も女の子も頗《すこぶ》るお行儀が悪い。あとで聞いたら、アメリカ合衆国、デンマーク、ベルギー、各国混成の若者集団であった。

献立は、ポタージュ、雞肉《けいにく》のカレー煮、ケーキとコーヒー。テーブル・クロスは清潔な白布で、皿にも銀色のナイフ、フォークにも「EAR」のマークが入っていて、それだけ眺めていればタンザニア縦貫鉄道の豪華食堂車らしい感じだが、椅子の肘掛はちぎれているし、調理場との境にはベニヤ板のようなものが打ちつけてあるし、映画のセットで食事をしているような気がした。

窓外の景色が、海岸近くの樹海とはよほど変って来た。黄熱病の木があり、面白いかたちをしたサボテンや棘アカシヤが見え、ツァボの国立公園と似た草原があらわれる。列車は少し速くなり、単線の上を「キリマンジャロキリマンジャロ、キリマンジャロキリマンジャロ」と呟きながら走っている。

十三時三十五分、何とかいう小駅にとまり、窓から乗り出して、槍を持ったマサイ族らしい男がいるのを見ていたら、隣のコンパートメントEから同じく顔を出している若い黒人夫婦と眼が合った。

「日本の方ですか？　私たちの部屋へ話しに来ませんか」

「ありがとう。あとで伺いましょう。ところで、今うしろの三等車に乗った男は、マサイ族ですか」

「気がつかなかった。どんな恰好をしていました？」

「長い槍を持って、赤い布を身にまとって……」

「それなら、きっとマサイです」

マサイは東アフリカの各部族の中でも、特に精悍《せいかん》勇猛、文明に背を向け、牛の血と牛乳とを常食としている民で、写真機なぞ向けると槍を構えて追いかけて来るという話がある。

もう一遍、しかとお眼にかかりたいから、カメラを車室に置いて三等車の探訪に出かけた。三等客車の中は、かなりの混みようで、人々の服装や顔つきも異様だし、一種異様な匂いがしていた。しかし、槍のマサイ族はいない。乗車後お色直しをしたわけではないだろうが、どうしても見つからなかった。

寝台車へ戻って、若い夫婦の個室をノックすると、

「さあ、お入り下さい。此の列車の中で日本人を見かけるとは珍しい」

日本製のラジオが音楽を流していた。

「アガワさん？　私たちはナーリと申します。お眼にかかれてたいへん嬉しく存じます」

私とちがってきれいな英語だし、二等寝台の白人青年どもに較べると遥かにお品がよく、お行儀もいい。

ミスター・ナーリは、ダル・エス・サラームの大学で数学と物理を勉強して、今高校で

教鞭《きょうべん》を取っていると言った。

「私たちの大学は、市内から八キロほど離れた岡の上に在って、ダル・エス・サラームの宝石と呼ばれています」

其処で法律学を学んだナーリ夫人は、お腹が大きかった。

「ナーリさんたちは、どちらまで？」

「キリマンジャロ空港の西のアリューシャへ行きます」

「ああ。キリマンジャロ空港を一名アリューシャ空港という、あの町ですか。——此の汽車は、キリマンジャロキリマンジャロ、キリマンジャロキリマンジャロと言って走ってますよ」

お腹の大きい夫人が微笑して、

「それは、あなたがそう思ってお聞きになるからでしょう」

と言った。上品な女性法律家だが、そんな、あたり前の理窟を言われても困る。

こういうあたりさわりの無い会話ばかりしていても仕方が無い、などと考え出すのは阿房列車の趣旨に反するのだけれど、

「けさ、ダル・エス・サラームの新駅を見て来ました」

と、私は言った。

クレムリンでも北京でも、スカルノ時代のインドネシヤでも、国民の生活とかけ離れた

壮麗きわまる建造物を建てる趣味があるようですが、あれはどういうことでしょうかね。

ナーリ氏は、

「今年の秋ごろから、あの駅にも列車が発着するようになるはずです」

と、穏やかに答えたが、それ以上深くは触れたがらなかった。間もなく礼を言って、私はナーリ夫婦のコンパートメントを出た。

十五時七分、ワミに着いた。此処でまた四十分ばかり停車する。私はプラットフォームへ下りた。何処の国の汽車でもそうだが、プラットフォームで客車の連結部に立つと、小便くさい。売り子が揚げパン、バナナ、砂糖黍、コーヒー、川魚の焼いたのなどかついで、窓から窓へ売り歩いているし、

「チャパティ、チャパティ。チャパティ要《い》らんか」

と売りに来るのもいるが、小便の匂いをかぎながら食ってみるにしては不潔過ぎた。

反対側の線路に、黒い蒸気機関車がいる。写真を撮ろうとしたら、青い菜っ葉服を着た駅員が血相変えて寄って来た。

「政府発行の許可証を持っているか」

「持ってないね」

「政府の許可無しに機関車や駅構内の写真を撮ってはいけない」

寝台車の窓からのぞいていた同室の役人が、

「そんなことはない。写真は撮っても構わないはずだ」

と応援してくれたが、鉄道員は、

「規則だ」

と言って譲らなかった。

「此処は軍事基地にでもなっているのですか?」

「軍事基地なんかありませんよ」

社会主義国の国鉄は不思議な規則を編み出すものだと思ったが、いけないと言うなら、誰がこんな薄汚ない汽車の写真なぞ撮るもんか。レンズに蓋《ふた》をし、小便くさい客車の検分をして歩く。

私どもの一等寝台車は一九五三年の英国製だが、赤塗り機関車の次の一、二等合成寝台車はもっと古くて、一九二六年英国バーミンガムの工場製造である。ステップのところに、「The Metropolitan Carriage Wagon & Finance Co. Ltd. Saltley Works, Birmingham England 1926」と刻してある。

かがみこんで、わざと念入りに其の横文字を書き取っていれば、もう一度文句を言いに来るかと待っていたが、それは来なかった。

機関士が、テニスのラケットの中をくり抜いたようなタブレットを受け取って、ワミを出、これより線路はキリマンジャロ山麓の高地に向け、概ね上り勾配になる。蒸機は一所懸命煙を吹き上げ、窓になつかしい煤煙の香《か》がする。ただし、トンネルというものは一つも無い。バオバブの木、傘アカシヤ、サボテン、樹木と草原だけで、畑もめったに見えなかった。

夕方五時半ごろ、ボーイが入って来、大黒さまが肩にかつぐような袋から毛布だのシーツだの枕カバーだのを取り出し、上下二段の寝台を作り上げて、寝具代九シリングを徴収した。蚊帳《かや》を吊ると聞いていたが、蚊帳は出さなかった。第一、蚊がいるほど暑くない。外は雨になって、涼しいというよりむしろ寒い。

夕食の予約は七時半で、シロフォンの合図を聞いて食堂車へ入ったが、生ぬるいビールだけで、葡萄酒もウイスキーも無いから、ゆっくり一献というわけには行かない。それに例の二等車の紅毛碧眼のガキどもが傍若無人で煩い。

昼の雞肉カレー煮がロースト・チキンに変っただけで、ポタージュもデザートも昼と同じ食事をすませ、本でも読もうと部屋へ帰ったが、ベッド・ランプが点かなかった。デッキのわきの便所へ行くと、すでに長途十一時間余の旅で水が出なくなり、排泄物が盛り上っていて吐き気がする。読書も用便も我慢して寝るより仕方が無さそうであった。

同室の役人は、破れ沓下とぼろズボンのまま、木の梯子《はしご》を上段のベッドによじ登ってごそごそ毛布にもぐりこみ、一つおならをした。昼間は別に感じなかったが、窓をしめてブラインドを下ろし、通路側の扉も閉じてしまうと、薄暗いコンパートメントの中に、お役人の体臭が匂い出した。これは屁の匂いではない。

私はパジャマに着更え、洗面器のちょろちょろ水で睡眠剤を服《の》んで、やがてどうにか眠りに落ちた。夜半寒くて、毛布をしっかりかぶり直してまた眠った。

外が明るくなっているのに気づいたのは六時半で、いくらか風邪気味である。列車はろばのいななくような汽笛を鳴らしながら、いわゆるサバンナの只中を走っていた。粗末な石鹼で顔を洗ってから、同室の役人に、

「如何にもライオンのいそうな風景ですが、汽車の中から野生の動物が見えるということは無いのですか」

と訊ねたら、

「サメのあたりで、たまにジラフを見かけることはあります」

と言った。

サメの駅は、眠っている間に過ぎたようだ。七時ちょうど、ケニヤ領ヴォイへの乗換駅カへに到着、此処を出ればあと二、三十分で終着モシである。人家も多くなり、車内が何となく賑やかになって、しきりにスワヒリ語（だろうと思う）のおしゃべりが聞える。

七時三十分、機関車が自分の姿を包みかくすほど蒸気を吐き出してカへを発車、昨夜の雨は上ったがどんよりとした曇日で、キリマンジャロは山頂まで雲の中であった。

カルテックスのマークが見えて来る。煉瓦《れんが》造りの英国風の家がある。観光客のものらしいきれいな自動車が走っている。ダル・エス・サラームから二十二時間五十分、七時五十八分定時、列車はモシのプラットフォームへ辷りこんだ。

海抜二千六百七十五呎《フィート》と、標識が立っていた。人混みの改札口を出たところに、江田島と江田島ダッシュの顔が見えた。

「やあ、無事着いててよかったね」

「こわれたところを自動車屋で修理して、帰りは昼間だから割に楽でした。それより、汽車は如何でしたか。沿線に動物は何もいなかったでしょう」

「そうね。見た動物は、黒犬と鴉と雞ぐらいかな」

「すぐ其処に、ゆうべ僕たちの泊った小さなホテルがあります。シャワーを浴びて、煤煙のよごれを落されてはどうですか」

実は、シャワーだけでなく、シャワールームの便器の方に用事がある。江田島が近くの田舎宿へ連れて行ってくれた。シャワーは水しか出なかったが、さっぱりしてロビーへ降りて来ると、江田島君が、

「マサイ族の故郷のアンボセリ動物保護区を通って帰るつもりだったんですが、ゆうべの雨で道がぬかるんで、ワーゲンでは無理かも知れません。きょうこそは、夜道にかからぬうちにナイロビへ着くようにしましょう。此処から帰ると、ナイロビがニューヨーク並み

の大都会に見えますよ」

と言った。

アガワ峡谷紅葉列車

CANADA
HEARST
ONTARIO
AGAWA
SAULT Ste. MARIE
L.Superior
U.S.A.
TORONTO
DETROIT
CHICAGO

異国の汽車に乗るのに汽車で日本を発つというわけには行かないので、飛行機の世話になる。飛行機は早くて結構だが、こちらの都合と汽車の側の都合との兼ね合い上、時差を恢復《かいふく》する余裕が無い時は、降りてから疲労困憊《こんぱい》、甚だ苦しい。新鮮な気分で汽車と対面したかったら、飛んでいる間に、無理矢理自分を寝かしつけて時差を消してしまうより仕方がない。

私は空の旅も好きだから、寝るのは惜しかったが、今回は睡眠薬を少し多めに服んで、羽田離陸の時すでに眠っていた。アンカレッジの待合室は夢うつつの朦朧《もうろう》状態で、食事も、一度だけもらって手元も怪しい夢うつつで食べ残して、抗ヒスタミン剤を服んでまた眠った。

やっとはっきり眼がさめた時、飛行機は濃い雲海の中へ入っていた。何も見えないが、もうニューヨークが近い様子であった。腕時計の針は、東京時間の深夜一時二分前になっている。

制服に着替えたパーサーが、

「お疲れさまでございました」

「お疲れさまでございました」

と、左右の座席ベルトを確かめながら通路を廻りはじめる。

「当機、羽田出発遅延のため、少々おくれておりましたが、あと約三十五分で、ニューヨーク、ケネディ空港到着の予定でございます」

パーサーは私の傍で立ちどまり、

「こちらのお客様はよくお休みのようでしたから、何も差上げませんでしたが」

と言った。

「此の度は何か、お急ぎの御旅行でございますか」

「ええ、まあ」

「ニューヨークに、しばらく御滞在ですか」

「いや、それが、エア・カナダの779という接続便で、此のまますぐトロントへ飛びます。おくれたけど、どうやら間に合いそうですな」

「ACの779でございますか？　調べて参りましょう。それはまた、御多忙な御日程で、たいへんでいらっしゃいますね」

定年前の商社員か何かに見立てられているらしいが、私はパーサーが想像しているような具合に「御多忙」ではない。世間並みの用は、全部断わって来た。

しかし、此のJAL006というのは、名前からして007マイナス1、アンカレッジ廻りニューヨーク直行の特急便である。帳面づらで東京ニューヨーク間所要時間九十分、時差と日付変更線のいたずらだが、東京を午前十時に出て、同じ日の朝十一時三十分にニューヨークへ着く。したがって、乗っているのはビジネスの客がほとんどで、ほかにはニューヨーク駐在の夫君のもとへ急ぐらしい子供連れの若奥さんたちが目立つ程度、団体客は一組もいなかった。

用も無く御多忙でもない人間が、何故こういう人たちの間にまぎれこんで急ぎの便に乗っているかということについて、其処に少々わけがあるが、其のわけを説明するのはめんどくさい。

パーサーが戻って来て、

「充分お時間はございます」

と、教えてくれた。

「日航の到着ターミナルとエア・カナダのターミナルが別になっておりますので、着きましたら、通関後連絡バスでナンバー4の建物へいらして下さい」

厚い雲の層を下へ出抜けると、右に遠く、うっすらとマンハッタンの摩天楼群が見えており、客席の上に「禁煙」のサインがともった。

そもそも、という程の事柄ではないけれども、世界中に私と同名のアガワなる鉄道の駅が二つある。多分、二つしか無いだろうと思う。

一つは山陰本線にあって、下関から山口県の西海岸を鈍行列車で北上すること約一時間半、油谷《ゆや》湾のつけ根の国鉄阿川駅。此処は日本国の駅のうちで朝鮮半島への距離がもっとも近い。特急も急行もとまってくれないが、阿川八幡宮という神社があり、我が家の祖先は此処から出たことになっている。

もう一つは、カナダのオンタリオ州にある。私の姓をローマ字綴りにした場合と全く同じで、Agawa と書く。トロントの西北方六百キロ、北緯四十七度三十分、日本でいえば宗谷岬よりはるか北にあたり、冬はずいぶん寒いところだろう。

前々から、オンタリオ州の首府トロントに住む古い友人が、

「一度カナダの秋の紅葉を見に来ないか」

という手紙をくれていた。

「当地やナイヤガラの紅葉もきれいだが、スペリオル湖の東にアガワ・キャニオンというもみじの名所の峡谷があって、季節には観光列車が出る。僕も此処は訪れたことがないので、君が興味を持つようなら同行してもいい」

友人は今、立身して現地法人組織のお店《たな》の親方だか古番頭だかになっているが、もとはと言えば三十二年前、マダガスカル島の村長らと共に、久里浜の海軍通信学校で一緒にカッターを漕いだ仲なので、世話になりに行くについて別に遠慮はしないけれど、昨年は其

の機会が無くて過ぎた。

此の十月、日本がようやく秋らしくなって来たころ、私は、今年も無理かなと思いながらカナダ政府観光局提供のパンフレット類を見ていた。と、中に写真入りの「アガワ・キャニオン」の案内があった。湖と滝と紅葉の原始林の中を、汽車が走っている。ただし、北緯四十七度の秋は早く終るらしく、アガワ峡谷観光列車の運行は五月十二日から十月十二日までと書いてある。

それを読んだら、急に行きたくなった。十二日の最終列車を、スー・セン・マリーという始発駅でつかまえるまでに必要な時間を逆算してみると、十日東京発でぎりぎりになる。よって、すべての先約を御破算に願い、急遽乗りこんだのが十月十日朝のJAL006便で、だから私は、おくれては困る、御多忙ではないけれども時雨《しぐれ》を急ぐ紅葉狩で急いでいる。

私どもの長男甚六が、九月の新学期からワシントンの大学へ留学した。同じ北米東部へ旅するなら、訪ねてやるべきかと思うが、そんな暇は無さそうで、出発前電報を打ち、逆にカナダへ呼び寄せる手筈をしておいた。

航空用の地名略語は、東京がTYO、ホノルルがHNL、モスコーがMOWと、たいてい見当がつくのに、どういうわけかカナダは、モントリオールYUL、トロントYYZと、分りにくい。私はNYC乗換えでYYZへ飛ぶ、甚六はWASからクリーブランド経由で

YYZ着の予定になっている。

私の英語は、きれいでもお上手でもないが、総じて此の種のことだと、人より分りが早い。そのため、ニューヨーク・トロント間で一つ失敗をした。隣りの席に、四十年輩のアメリカ女性が坐っていた。カナダ人でなくアメリカ人だという証拠は、ハンドバッグからのぞいた合衆国のパスポートである。派手な白服白帽子の若づくりで、チューインガムを嚙みながら雑誌を読んでいるが、眼尻に大分小皺が見える。

離陸後、此の小皺が私の頭越しにスチュワーデスを呼びとめて、

「トロントの気温は何度？」

と質問した。スチュワーデスは答えられなかった。

「女というのは、いつでもこうだ。さっき機長がアナウンスをしたじゃないか」

と思って――、知らん顔をしていればよかったのだが、

「摂氏十五度ですよ。ニューヨークと大体同じです」

口を出したら、小皺は私の方を振り向きもせず、大げさに肩をすくめて、

「機長に確かめて来なさい」

と、スチュワーデスに命じた。

黄色いのが下手な英語で余計なことを言うなと思ったのかどうか、それは分らないけれども、私はいちじるしく不愉快な気分になった。しかし、自分のお節介を無視されたから

しまった。

といって、怒り出すわけには行かない。無礼な白帽子の隣りで小一時間ムカムカを我慢していたが、定刻通りトロント着、税関を出て迎えの古番頭の顔を見たら、不愉快が消えてしまった。

私より四時間あとに、クリーブランド廻りの甚六が到着した。ホテルの部屋へ入ると、甚六は母親から土産の塩鮭入りの焼むすびを一つ頬張り、

「ウウッ、美味い」

と、泣きそうな声を出した。

「だけどさあ、僕はおやじさんから逃げ出す意味もあってアメリカの大学へ留学したのに、二カ月しないうちにこんな所へ立ちあらわれるなんて、信じられないよ」

「失敬なことを言うな。さっき飛行機の中で四十がらみの糞婆ァに失敬な態度をされたばかりだ。アガワ・キャニオンというのは、もしかすると、太古、うちの御先祖様の分れが住みついた所かも知れないじゃないか。旅費こちら持ちで、祖宗の地へ紅葉狩に連れてってやるのに文句があるか」

マダガスカルの村長やトロントの古番頭や私どもが、久里浜でカッターを漕がされていたのは、考えてみればちょうど当家の甚六の齢ごろであった。其の晩ホテルの地下の日本流鉄板焼で、カナディアン・ウイスキーを飲んで、大番頭と私が三十二年前の昔話に段々上機嫌になって行くのを、二十四歳の甚六は、またかというような顔をして横目で見なが

ら、もっぱら食っていた。

翌日の午後のエア・カナダDC9で、私どもはトロントから一と飛び、紅葉列車の起点にあたるスー・セン・マリーに着いた。空冴えかえり風光るという形容そのままに、晩秋の陽のふりそそぐ、白樺《しらかば》林の中のまことに美しい田舎飛行場であった。

スー・セン・マリーのことを、古番頭は略してスーと呼んでいる。此のスーの町から北へ、アガワ峡谷を抜け、アガワ川に沿うて、カナダの大森林地帯を二百九十六マイル、北緯五十度線のハーストまで延びているのがアルゴマ・セントラル・レイルウエイで、元来木材と鉱石を運び出すために建設された鉄道であるらしい。

「大会社の大番頭を、かかる酔狂な僻地《へきち》の旅に連れ出して申訳ないが」

「いやいや」

と古番頭は言った。

「女房が日本へ帰って留守だし、きょうあす、僕が喜んで番頭役をつとめて上げるよ」

「それで君、アガワとは一体どんなところだろう。駅員がいて民家があって、イヌイットでも住んでるのかね？」

「さあ。案内書に鱒《ます》が釣れると書いてあったから、釣竿だけ用意して来たが、スーから先のことは僕にもよく分らないな」

私は、すでによほど北の国へ来ているつもりであったが、宿の近くの運河に架った長い橋梁を越すと合衆国のミシガン州、向うに見えるのはアメリカの灯だと聞かされ、いささか意外な気がした。峡谷観光列車は、運河のほとりのスー・セン・マリー駅を、次の朝八時に出発する。

当日、早起きして朝食をすませ、釣道具を持った大番頭、ノートや教科書をかかえた甚六と三人、停車場へ行ってみると、何とも長ったらしい汽車がとまっていた。土産物屋のような可愛い小さな建物が駅舎で、広場と道路がそのままプラットフォームだから、小鳥の巣箱のそばに錦蛇が寝ている恰好で、踏切警報器は鳴りっぱなしになっており、列車が出るまで人も車も線路を横切れない。

指定の席に荷物を置いてから、例によって一応列車の編成を見て歩くことにした。古番頭は釣竿やウイスキーや地図を取り出して早くもピクニックの構えだが、甚六の方は、

「ちょっと失礼します。汽車マニアの変なおやじに育てられて、幼児体験のせいか、どうも僕も」

と、嬉しそうな顔をしてついて来た。

ちょうど、ディーゼル・エレクトリック四重連の機関車が連結されるところであった。機関車のうしろが発電機を積んだ機械車一輌、荷物車二輌、次に客車のA、客車のB、あとは食堂車やわれわれの2号車をふくめて、えんえん17号車あたりまでコーチがつづいて

いる。番号つきのコーチとA、Bのコーチと、どういう区別があるのか分らないが、いずれも相当な古物で、中は薄ぎたない。ただ、オレンジ色の客車、チョコレート色の客車、銀色の客車、色とりどりの胴体に、みんな朱文字で「Agawa-Canyon-Tour」と書いてある。

座席に戻ると、此の長い列車が、ほぼ満員になりかけていた。

「驚いたねえ。二十輛近くつないでるんだぜ。アメリカ側からの客も大分乗ってるらしい。アガワというのは、そんなに素晴らしいところかな」

「そうでもないかも知れないが」と、古番頭が説明してくれた。「広大なくせに、遊びに行くとこのあまり無い国でね。サンクス・ギヴィングの此の週末が、カナダでは秋の最後の行楽シーズンになる。これが終ると、湖畔の森の別荘や店もみんな家をたたんで、氷と雪の長い冬が始まるんだよ」

間もなく、「Agawa-Canyon-Tour」のアルゴマ・セントラル鉄道下り1列車は、定時に四分おくれでのろのろと発車した。夏時間のせいと、きのうに変る小雨もよいとで、あたりは未だ明け切っていなかったが、二十分ほどして市街地を離れると、雨が上り箱の中が明るくなって、列車は紅葉の原野に入った。

樅《もみ》やカナダ松にまじって、楓《かえで》の赤、白樺の黄、――とてつもない大木の白樺があり、そのほか濃淡さまざまな落葉樹の紅葉が美しい。古番頭は、もみじを肴にウイスキーを飲みはじめた。

標準軌の大きな列車だが、一種の森林鉄道で、何しろ脚はおそく、とろりとろりと紅葉の中を登って行く。切符を集めに来た車掌に、最大速力を訊ねてみた。

「お前の国にひどく速い汽車があることは知っている。だけどこいつは、最大時速四十五マイルだ。それ以上速く走ったら、客が景色を眺められない」

車掌はぶっきら棒に答えたが、景色を見せるためにわざとゆっくり走っているわけでもないだろう。

甚六は、色鉛筆片手に、かがみこんで本ばかり読んでいる。

「きれいだぜ、おい。旅に出たら、少しは外も見ろよ」

と言うと、

「だって、僕は来週試験なんだ」

八月の末、生れて初めてワシントンに着いて、大学町の書店で教科書を買ったら、当然ながら全部英語だったのでショックを受けていると言った。

「それにしても、汽車に乗ってる間くらい、本はよせよ。メフィストフェレスの有名な科白《せりふ》があるじゃないか。『外には美味しい緑の草がいっぱいあるのに、はてさて学者という奴は、なんでこんな枯草ばかり食べているんだろう』――ちがうかな」

それでもやめないから、私は車内の青草さがしに席を立った。

各客車ともほぼ満席、食堂車は超満員だが、爺さん婆さん、子供づれが多くて、食いたいような青草はあんまり見当らなかった。車掌に、観光用パンフレットとは別の列車時刻表を一枚もらって帰って来た。

古番頭が、

「紅葉を焚いて酒をあたためんと言うが、これじゃあどうも不風流だね」

と言いながら、持参の「クラウン・ロイヤル」をジンジャ・エールで割って、大分いい面色になっていた。

「あんなの見せつけられたんじゃあ、飲むよりしょうがないよ」

前の席で、緑の革コートを着た髪の長い娘が、若い男と抱きあい、陶然として何度も何度も脣《くちびる》を重ねている。

「甚六君も、眼に毒だね。僕は飲むから、君はせっせと勉強しなさい」

「しかし、こちら様だって、何も癪《しゃく》にさわるほどの美形というわけではないじゃないか」

「それはそうなんだ」古番頭が言った。「アングロ・サクソン系の多いオンタリオ州に、美人は少ない。カナダで美味いものと美しい女が欲しかったら、フランス系の強いケベック州へ行かなくちゃ」

標高が次第に高くなる。車窓の紅葉は、赤が消えて黄一色に変って来た。客車の煖房がきつくなったのが、あたたかで快い。森の中、到るところに湖があり、時々小型の水上機が桟橋に舫《もや》っているのを見かける。古番頭の詳しい地図を拡げてみると、此のあたり、大地が水疱瘡《みずぼうそう》にかかったように、湖だらけであった。

鉄路に沿うて、右に湖水左に岩山、紅葉の中を流れ落ちる渓流、小さな製材所、日本なら白糸の滝と名のついていそうな滝、誰かが、

「あ、ビーバーがいた」

と叫ぶ。

それは見そこなったが、景色と地図と時刻表とを見較べているうち、私は、自分が一つ勘ちがいをしていることに気づいた。

「そうか。こいつは困った」

「何が？」

「Agawa-Canyon-Tour」はアガワ駅で終るものとばかり思っていたのだが、紅葉狩の日帰り切符を持った客は、みなアガワ峡谷入口のキャニオン駅で下ろされる。列車は其処で観光用のコーチ十数輛を切り離し、ハーストさして更に北上する。ほんもののアガワは、それより先、「峡谷駅」の二十マイルばかり北にある。

「此処まではるばる来た以上、僕はアガワ駅がどんな所か、何とか見ておきたいと思うんだが、さて、どうすればいいかな。大番頭さんは釣りをするんだろう。お前、つき合うかい？」

「いやだよ。僕も泛子《うき》の番でもしながら待ってるよ」

甚六は答えた。

「それじゃ、よし。馬も自動車も無さそうだから、車掌によく聞いて、もし連れてってくれるようなら、俺は此の汽車でアガワまで行って来るからね」

列車内をさがし廻って、さき程の車掌をつかまえ、相談を持ちかけると、

「何しにアガワへ行くんだ？」

と、不思議そうな顔をした。

「ふだん、あすこに列車は停車しない。線路わきに小屋が一つ建っているだけで、見るものなんか何も無い。駅長？　ノー、ノー、そんなものはいない。民家も無いし、人が住んでるような所じゃあない。ちょいちょい熊が出る」

「実は、自分はアガワという名の日本人だが」

私は、こういうこともあらんかと思って用意して来た横文字の名刺を差し出した。

「アングロ・サクソン系のカナダ人やアメリカ人は、よく、古い系図や言い伝えを頼りに、自分の祖先が出たスコットランド、イングランドの町へ、同じ名字を持つ遠い親戚を訪ねて旅をすると聞いている。こちらのアガワとは、どうも先住民の地名のような気がするが、御承知の通り彼らは、もともと我々日本人と同じモンゴロイドだ。オンタリオ州のアガワは、我が ancestry の地かも知れない。だから自分は行ってみたい」

車掌は、興味を感じた様子で、しげしげと私の名刺を眺めていたが、

「これを記念にくれるか？」

と言った。

「差し上げるとも」

「よろしい。それでは、列車をアガワへとめる手続きをして上げよう。キャニオン―アガワ間往復の乗越料金を三ドル五十セント払え。そうして、キャニオンに着いたら、A号車かB号車へ移れ。アガワで下ろしてやるから、熊に食われずに待っていれば、四十分ほどでスー・セン・マリー行の上り列車がやって来る。ノー、ノー、これが戻って来るんじゃない。きのう北上したのが帰って来るんだ。上りの機関士に、アガワでとまってミスター・アガワを拾えと頼んでおいてやる。しかし、繰返しておくが、ほんとに何も無いところだよ」

少しずつ、色んなことが分って来た。つまり、1号車から17号車までの観光用コーチがキャニオン駅で側線に入り、人々が汽車を下りて峡谷のピクニックを楽しんでいる間に、本来の森林鉄道、荷物車とAB二輛の客車だけになった下り1列車は、何処か北の方の駅で上り2列車とすれちがう、二時間後、きのうの1列車すなわちきょうの2列車が南下して来て、キャニオンに残した十数輛を連結する、列車は再び錦蛇になって夕方までにスーの町へ帰り着き、観光客の日帰りツアーは終るという仕組みである。

「熊が出る熊が出るとおどかすんだが、とにかく連れて行ってもらうことに決めた」

私は古番頭と甚六の席へ戻って来た。

古番頭が、

「万一の時の用意に、これを持って行きたまえ」

と、食堂車で買った紙箱入りのランチを、一つ余分にくれた。甚六は、「ワシントン・ポスト」の古新聞を差し出し、

「野宿で凍え死にそうになった時、役に立つよ」

と言う。

「何も、そう大げさにしてくれなくたって大丈夫だがね」

とは言うものの、多少心細いような気がしないではない。車窓に、雷に引き裂かれた大木が見える。

そのうち車内で、しきりに「アガワ、アガワ」という声がおこった。右手にアガワ川、左手はるかにスペリオル湖のアガワ湾を望んで、列車がアガワ峡谷にさしかかったのだと分っているけれども、何だか変な気がした。

観光旅客のホステスとして乗っている女子乗務員たちが、車掌から話を聞いたらしく、

「わたしにも名刺を一枚頂ける？」

とか、

「Mr. Agawa. Have a nice time at Agawa!」

とか言って、代る代る私の顔をのぞきに来る。

十二時二十一分、列車はキャニオン駅に着いた。駅の外、アガワ川のほとりの公園風のところに、ブランコやベンチが置いてあり、小さなコテージなどもあるけれど、駅にも公園にも、人は住んでいない。乗客の九割以上、さっきの車掌も女子乗務員たちも、みな此のピクニック場で下車した。

私はB号車のステップの下で、連れの両人と立ち話をしていたが、やがて、七十年輩の爺さん車掌に、

「さあ、乗った乗った。此の男は熊にぶちのめされて帰って来ないかも知れないぞ」

と、客車へ追い上げられた。

古番頭が、

「御生還を祈る」

と、挙手の礼をして見せた。切り離し作業のすんだ列車は、ゴトリと動き始めた。

B号車の座席におさまってあたりを見廻すと、今までと大分様子がちがう。一応まともな服装をしているのは私だけで、酔っぱらいの現地民夫婦が一組いるほか、あとはほとんどが、鉄砲を持ち赤い帽子をかぶったカナダ人のハンターであった。身軽になった1列車は、いやに速く走り出した。

スー・セン・マリーとキャニオンの間で、列車が何度か人家の見える駅にとまったのを覚えているが、これから先は、当分人家なぞ無いようで、駅も、122½マイル地点とか210マイル地点とか、名無しの駅が時刻表に記載されている。

「122½マイル」駅で、ハンターたちが、「Good hunting!」の声に送られて下りて行くと、客車内はすっかりがらんとしてしまった。紅葉の季節の終ったあとは、此の編成で週二回だけ、スーとハーストの間を列車がかようのだそうである。

「もうすぐだよ」

と呼びに来た車掌に礼を言って、私がアガワに下ろしてもらったのは、ちょうど午後の一時であった。

なるほど、線路わきにペンキの剝《は》げた二階建の駅舎があって、羽目板の上に「AGAWA」と書いてあるからアガワ駅にちがいないが、建物は無人で、かたく錠を閉ざしている。下り列車が一と声汽笛を残して森の中へ姿を消したあとは、小鳥の啼き声すら聞えず、物音が一切しなくなった。

朽ちた古靴が捨ててある。人が住まなくなって久しいらしい。空は曇って風がつめたい。いくら汽車が好きだからといって、こんな荒涼森閑とした駅にたった一人取り残されたのは、五十四年の生涯に初めての経験であった。私はかすかな枯葉のそよぎを聞きながら、

「満目百里雪白く、広袤《こうぼう》山河風荒れて」という古い軍歌を思い出した。

白樺の林は、ほとんど葉を落しつくして冬木立になっている。雲間から薄日が射すと、残った黄葉が美しく光るが、林の中から冬眠前の餓《う》えた熊がぬッとあらわれ出でても少しも不思議ではない。汽車の中で、私は車掌が熊、熊と言うのをあまりまともに受け取っていなかったが、アルゴマ・セントラル鉄道のマークが巨大な熊の絵だったことに思い至ったら、いやな気がして身体が熱っぽくなって来た。

ほんとうに熊が出た場合、どうすればいいか。大番頭にもらったランチ・ボックスを投げ出して死んだふりをしてみるより法があるまいと思うが、カナダの熊が、熊は死んだ人間を食わないという日本の伝承を知っているかどうか。

半ば真面目に、私は遺書を書いておくことを考えた。鹿とちがうから、敵は紙まで食ってはしまわないだろう。

「先考ハ日本国山口県ノ生レ横浜市ノ住人阿川弘之終リニ臨ミテ誌ス。余ハ加奈陀ノ国オンタリオ州アガワノ駅名ニ惹カレテ遠ク訪レ来リ、今茲ニ熊ニ食ワレテ五十四年十箇月ノ生涯ヲ閉ジントスルモノ也。余ガ骨ハ余ガ祖宗ノ地ニ埋メ、子々孫々ヨ永ク余ガ亡キ趾ヲ弔エ」

若いころもう少し漢文の素読でもやっとけばよかったなと、駅舎のベランダに腰を下ろして考えている時、空にかすかな爆音が聞えた。

振り仰ぐと、遠く森の上に、フロートつきの小型機の姿が見えて、こちらへ近づいて来る。甚だ頼もしい気がした。水上機は、妙なところに狩人でもない人間が一人立っているのが気になるのか、アガワ駅の上を高度五百米くらいで大きく旋回し、南東の方角へ飛び去って行ったが、「どうやらこれで大丈夫だ」と、私は理窟に合わぬ安堵《あんど》を覚えて、遺書を書くのをやめにした。

近くに鉄橋があり、下を流れているのはアガワ川である。鉄橋の下へ降りてみた。川岸は枯草の原で、野花など咲いていない。幅三十メートルほどの森の渓流なのに、水は褐色がかった飴色で、水藻をかすかにゆるがせて、流れるとも見えずゆっくり南へ流れていた。何かの鉱物の溶けた色かも知れなかった。

車掌が言った「四十分」より大分長く待たされたが、そのうち鉄路に車輪の響きが伝わって来た。

アガワは、北米大陸の鉄道によくある「フラッグ・ストップ」の一つである。私どもが子供のころ、田舎でよく見かけた、切符扱い所の雑貨屋の軒に旗を出しておくとバスがとまってくれる、あれである。下車する時車掌から、「緑色の旗が小屋のどこかにあるはずだから、其の旗を振るように」と教えられたが、探してみてもそんなものは無かった。

これで、気づかずに通過されてしまったらえらいことになる。森の中から森の中へまっすぐ南北に延びる線路の上に、私はハンカチを握りしめて立ちはだかった。轟々《ごうごう》と重い音を立て、ヘッドライトをつけて近づいて来る機関車に、大きくハンカチを振ると、汽車は「分ってるよ」と言わんばかりに、二た声三声、汽笛を鳴らした。

四重連のディーゼル機関車が、ブレーキをかけながら頭の上を過ぎて行き、其のうしろの荷物車から、カナダ人の若い男が二人、扉をあけて手を差し出していた。私が荷物車に引っぱり上げられると同時に、列車は動き出した。

キャニオン駅まで帰り着くと、ピクニックをすませた大勢の観光客が、もうフォームに出ていた。大番頭が、

「やあ、無事帰って来たかね」

と言った。

「君がもし熊に食われて死んだら、僕が葬儀委員長になり、甚六君を喪主にして、トロントで盛大な葬式を営んで、骨は御先祖の土地に埋めて上げようと話していたんだ。どんな所だった、アガワは？」

「それがいやはや。僕の方は本気で遺書を書くことを考えたよ。鱒は釣れたかい」

「全然駄目。引きもしない」

長い客車と食堂車が、側線から曳き出されて来る。列車ホステスたちが、「Agawa-Canyon-Tour」と書いた2号車の前で、喜んで私たちと一緒の記念撮影に応じてくれた。

キャニオン発車後、私は眠りに落ちた。相当疲れていたらしく、一度甚六に、「森の岩の上に、ムースがいるよ」と起されたが、はっきり眼がさめなかった。もう一度甚六に声をかけられた時には、一日の旅を終った列車が、スー・セン・マリーの郊外へさしかかるところであった。スーの町は雨だったが、アガワの冬木立とちがい、あたりはもとの豊かな紅葉の景に戻っていた。九時発の飛行機まで、二時間半ほど時間があった。雨の中をタクシーで、「パゴダ」という名の支那料理屋へ晩飯を食いに行くことにした。

其の店で、私はまさかと思いながら町の電話帳を繰ってみた。驚いたことに、Aの頁にAgawaが八軒並んでいた。二十年前、カリフォルニアのサンタ・マリヤという所で、阿川梅さんと名のる日系一世の老婆に会ったことがある。やはり山口県の出身で、息子たちはロサンゼルスやサンフランシスコで働いていると言われ、其の後興味を持って合衆国西岸の都市の電話帳を調べてみると、トーマス・アガワとかビル・アガワとか、ちょいちょい同じ姓を見かけたが、人口二百数十万のトロントには、一人のアガワさんもいない。それが、此の小さなスーの町にアガワが八家族住んでいるとは甚だ意外で、日系人なのかどうか、見当がつかない。

「どういうことなんだ、こりゃ」

私は甚六に電話帳を示して言った。

「お前、俺より英語が上手なんだから、俺のつもりで、どれか一軒に電話をかけて話を聞いてみてくれよ」

「僕が？　いきなり電話をかけて、もしもしアガワさんですか、私はアガワですと言うの？　失礼だよ、そんなの」

甚六は初め渋っていたが、銀色のダイムを持って公衆電話の方へ立って行き、何か大分長々としゃべってから戻って来た。

「Albion Agawa という家にかけてみた。女の人が出たから、『アガワさんの奥さんですか？　私は日本人の旅行者でアガワという名の者ですが』と言ったら、ミセス・アガワが『What!』と叫んだよ」

「それで、日系人か」

「ちがう」

息子の聞き出して来た話によると、スー・セン・マリーの電話帳に出ている八軒のアガワは、全部アメリカ先住民だという。アルビオン・アガワ夫人は、ひどく驚いた様子であったが、事情が呑みこめると色々親切に話をしてくれた。八軒のアガワは、いずれも兄弟や親戚で血のつながりがあること。主人のアガワ氏は、アルゴマ・スチールの工場で働いているが、きょうは猟に出かけて留守のこと。アルゴマ・セントラル鉄道の沿線にも、一人親戚が住んでいて、もとはみなアガワ・キャニオンの方の出らしく、どこまでアガワの家系をさかのぼれるか分らないが、かなり古い大家族であること。自分はカナダのハイスクールを出て、先祖の言葉はあまり上手でないけれど、主人の母は立派な原語を話すこと。

「それで、先住民の言葉でアガワとはどういう意味なんだ？」

「それも聞いたよ」

甚六は言った。

「winding river（屈曲した川）の shelter の意味だってサ」

古番頭や紅葉列車の車掌に「祖宗の分れの地」だとか「我が ancestry の土地」だと言っていた時、私は冗談のつもりだったが、必ずしも冗談事ではなくなって来た。

一万数千年前、シベリアの東部アムール河の流域に住んでいた原始蒙古族が、一部は満洲から朝鮮半島を南下し、海を渡って、もっとも距離の近い山口県北西端阿川の地にたどりついた、一部はベーリング海峡を越えてアラスカからアメリカ大陸を南東進し、アガワ峡谷の一帯に住みついてアルビオン・アガワ氏らの祖先になった、——これはあり得ない想像だろうか。

「どうも、ほかの人には興味の無い話で悪いけど」

私が言うと、

「いや。大いに興味がある」と、大番頭は答えた。「もう少し早く気がついて、アガワ御一族を何人か、此の席に招待すればよかったね。君とそっくりの顔をしたカナダ・インディアンがあらわれたかも知れないのに」

私もそれを思わないではなかったが、もう時間が無かった。カナダのアガワさんに会わないままで、支那料理を食い終って私たちは飛行場へ向った。

これから先は帰国後の話だが、諸橋の漢和辞典を見ると、「阿、水崖也」「一曰、阿、曲阜也」「阿、水之曲隅」――、「阿」には「曲りくねったところ」「水流の隅《くま》」「水ほとりの崖」の意味があるらしい。「川」はむろんそのまま river で、これは甚六がアガワ夫人から「winding river」と聞いたのと符節を合する。シェルター（shelter）を何と解するかだが、これも「水の曲隅」「水崖」でほぼよろしいように思える。

諸橋の大辞典を見ながら、私は面白いよりも薄気味が悪くなった。誰か其の道の人にもう少し突っこんだことを糺《ただ》してみたいと思うが、言語学者に聞けばいいのか、歴史学者に聞けばいいのか、人類学者考古学者、乃至《ないし》は地質学古生物学の学究に聞けばいいのか、其処のところがよく分らない。

ただ、コンピューター関係の仕事をしている人に、一つ、こういうことを教えてもらった。私たちが父母から父母の両親、そのまた両親（ここまでで四人の曽祖父と四人の曽祖母）と、順に血筋をたどって行くと、一人の人間の直系尊属の数は、二十代前で百四万八千五百七十人、三十代前では約十億七千三百万人になる。単純計算の上の話だが、千年昔にさかのぼると、世界総人口のおそらく全員と血のつながりが出来てしまう。「阿川さん、あなたカナダのアガワさんと御親戚でも少しもおかしかありませんよ」と。

旅から持ち帰ったアルゴマ・セントラル鉄道の時刻表をあらためて眺めてみると、表紙はディーゼル重連が雪中を突破している写真で、今ごろアガワ峡谷は雪に埋もれ、週二回の森林列車も難行していそうである。

カナダ横断とろとろ特急

今宵別れかと思えばお名残惜しい。アガワ峡谷紅葉狩の供をさせた当方の長男甚六はワシントンへ飛行機で帰って行ったし、古番頭は夫人が目下日本訪問中だし、別れに臨んで我らは共に自由の身であるが、何かし忘れたことは無かったか。実は、あってももう遅い。これから私は独り、カナダ横断長の汽車旅に出る。家郷郁酒家、英名をChinese Villageというアングロ・サクソン圏に稀なる美味い中華料理店で、天津《テンシン》特産玫瑰露酒《メイクエイルウチュウ》、カナダのビール、紹興《しょうこう》の花彫《ホワティヤオ》と、ちゃんぽんに別盃《べっぱい》をかさねているうち、二人とも次第に陶然として来た。古番頭が、

「ふるさとは遠きにありて思うもの
　そして悲しく歌うもの」

と、少し感傷的になっている。

「海外駐在がお長くて、なんて言えば、日本では洒落た響きがあるかも知れないがね。虚《むな》しいもんだよ、ほんとうは。背中にお店《たな》の看板をしょってるから、香港《ホンコン》でもニューヨークでもトロントでも、土地の大物と友人になる、通産大臣や大富豪とゴルフをし食事を共にし、百年の知己の如くにしてつき合っている。だけど、一旦転勤命令が出てごらん。それ

でおしまいさ。互いに忘れて忘れられて、ああ、あれはやっぱり利害だけで結びついていた親しさだったのかと気がつく時の此の虚しさ。分りますか、君。子供の問題が深刻だ。十六になるうちの下の息子が、僕はお父さんの犠牲になって学校を五回替ったと恨み言を言うけどね。三つの時の転任、これは問題じゃなかった。六つの時もまあ問題は無かった。九つの年、僕は初めて、友だちと別れるのを悲しく思った。それから、何度も何度も同じ悲しみを味わわされている。カナダに残る。もうたくさんだ。今度お父さんが何処《どこ》へ転勤しようと、僕はついて行かないよ。日本へももう帰らない。――俺たちが佐世保を発ったのが、あれは今から三十三年前の秋だったなあ。おやじが佐世保まで見送りについて来た」

私どもが大学を卒業した其の足で、第二期兵科予備学生として佐世保第一海兵団着到を命ぜられたのが昭和十七年の九月三十日、「佐世保たつ時ゃ別れの涙」、初代のあるぜんちな丸に乗せられて、「雲がかくした烏帽子岳《えぼしだけ》」の烏帽子岳をあとに日本を去ったのが十月の二日である。

「入隊の前夜、旅館の部屋に蒲団を並べて寝ながら、おやじの奴早く帰ってくれりゃいいのにと思ったもんだが、今にして親の気持が分るよ。出来ることなら、子供のために僕もカナダに残ってやりたいと思う。身はたとい異土の乞丐《かたい》となるとても。いや、失敬。どうもしめっぽくていかんな。もっと景気よくやりましょう。女の子の話をしよう。田鶴子さんはお元気かね？」

「結構ですが、田鶴子さんは女の子かい」

田鶴子さんとは、志賀直哉《なおや》先生の末から二番目のお嬢さんのことで、其の嫁ぎ先の山田家が、昔東京の、古番頭の家とすぐ近かった。山田夫人と古番頭夫人が友だちで、其のころ古番頭は、本社の十五番番頭ぐらいをつとめていた。

一夜、番頭と私が山田家の夕食にお招きを受けたことがある。御馳走が並んでいたが、いくら御馳走があっても田鶴子さんがきれいでも、酒が入って海軍時代の話が始まったら、そんなものはほったらかしになる。

「男の方って、あのつらかった戦争の話を、楽しそうになさるのはどういうわけか知ら？」

と、山田田鶴子夫人が言った。

「うちのノボは陸軍ですけど、ノボだってそうですもの。不思議ネ」

「それはですな、それは、只今より軍歌を合唱して説明に代えよう」

「出でて行く人送る人
言葉は無くて手を握り
（声が小さいッ）

別れを告ぐる真夜中に
　マストの上の星寒し
　　(脚をしっかり上げィ)」

説明にも何もなっていないが、どどろどどろと床踏み鳴らして、それほど豪邸でなかった山田家は家鳴り震動し、水槽に飼っていた熱帯魚がガラスに頭をぶつけて死んだ。醒めてから、いやな気がした。

志賀先生のお叱言《こごと》は聞えて来なかったが、話を伝え聞いた武者小路さんより、後日人を介して、

「田鶴子ちゃんのとこの熱帯魚を、あんまり殺さないでくれ給え。可哀そうだから」

と、伝言があった。

田鶴子ちゃんとかお嬢さんとかいっても、爾来《じらい》、長い年月が経っている。当年の山田夫人は、若く優に美しくて、十五番番頭が憧《あこが》れるほどのことはあったけれども、

「君は、あれから海外在勤ばかりで、ろくに会っていないんだろう」

「いや。ろくに会っていなくても、相変らずおきれいだと承知しているがね」

「おきれいでないとは言っていない。おきれいです。しかし、田鶴子さんは、今生きてれば九十二歳だ」

「何を言ってるのですか、君は」

「何を言ってるって、父君の志賀先生が御存命なら、今年九十二歳だということを言っている。女の子の話をしようと仰有《おっしゃ》るけど、其此から逆算すると、山田田鶴子夫人は女の子かね」

「そうか。分ったよ。淋しいなあ、君。ふるさとは遠きにありて歌うもの。もうすぐカナダの冬が来る」

「ちがうでしょう、少し」

「田鶴子さんに失礼して、女の子のいるところへ行こう。汽車の時間まで、未《ま》だ二時間ある」

　そこで二人はよろよろと立ち上った。


　ほんとうは、こんなに酔っ払うつもりではなかった。今ごろCP（カナディアン・パシフィック鉄道）の大陸横断特急「ザ・カナディアン」の寝台車で、車輪の響きを聞きながら、静かに本でも読んでいるはずであった。そう行かなかったのは、私がカナダの汽車を甘く見たせいである。

　二十年前アメリカでちょくちょく汽車旅をしていた頃、東京都の電話帳一冊分くらい厚さのあった全米旅客列車時刻表は、僅々《きんきん》十年で、パンフレットの薄さに変ってしまった。

北米大陸の鉄道は完全な斜陽産業、カナダを列車で横断しようなどという物好きが、そう大勢いるわけはない、したがって車室の予約は前の日で充分だろうとたかをくっていたら、それが完全に満員で切符が取れなかった。

カナダ東部の大都会と西岸のヴァンクーバーとの間を、CPとCN（カナダ国有鉄道）と、二つの鉄路が結んでいる。稚内《わっかない》—鹿児島間よりもっと長い距離を、近鉄特急と国鉄特急が毎日並んで走っているようなものだが、片方満員とは驚いた。

「国鉄の方なら、空きがあります」

とのことで、急遽切り替えたCNの「スーパー・コンチネンタル」は、トロントのユニオン・ステーションを二十三時五十九分に発車する。モスコー—レニングラード間の寝台列車「赤い矢」号がやはり二十三時五十九分発だが、どういうわけで深夜正子《しょうし》一分前に汽車を出すのだろう。おかげで古番頭と私は時間を持て余して酒ばかり飲んでいる。

古番頭のお店《たな》から近い五十四階のバアに、ミス・スラヴァという東欧系の、怪《け》しからぬくらい妖艶《ようえん》な「女の子」がいて、又来たかというような顔はせずに、独り身の日本の酔っ払いを二人、愛想よく迎えてくれた。晴れた日には昼間、此の五十四階から遠くナイヤガラのしぶきが見える。

場所と相手によっては、深酒はおろか、酒を飲むこと自体が苦痛なのだが、今宵は別れの良夜哉《かな》、さらばスラヴァよ又来るまでは。「クラウン・ロイヤル」をソーダで割って、トロントの市街とオンタリオ湖の夜景を賞《め》でて、四方山《よもやま》の話をして、エレベーターを下りて、ユニオン・ステーションへたどり着いた時には、両名共完全に出来上っていた。

コンコースはがらんとして、黒い公衆電話にも人がいない。古番頭がまた、「田鶴子さん」と言い出した。

「田鶴子さんに電話をかけようや」

「公衆電話で東京を呼ぶのか？　そりゃ、硬貨がいくらあっても足りんだろう」

「何を言ってるのですか、君は。クレジット・カードの番号を告げさえすれば、つないでくれるのだよ」

生憎《あいにく》東京西郊の山田家は留守と見えて誰もお出にならず、

「それでは、ミス・スラヴァは僕があとを引き受ける。君は旅中カナダの森の妖精でも見つけなさい」

ようやく酔眼朦朧《もうろう》の古番頭と別れて、私は発車ぎりぎりのプラットフォームへ駈け上った。大きな寝台車の下から、煖房用の蒸気が吹き出していた。こちらの酩酊《めいてい》ぶりに較べて、駅長も車掌も黒人のボーイも、

「Yes sir.」

「Yes. This is your sleeper, sir.」

と甚だ礼儀正しい。

私の車室は、「スーパー・コンチネンタル」3列車の52号車10番ルーメット。定刻二十三時五十九分、列車は何の合図も無しに動き出し、無人のプラットフォームがすうッとうしろへ離れて行った。

酒の気があらかた消え、いくらか頭のしゃっきりした状態で眼がさめたのは、翌朝八時半であった。汽車はカプリオールという田舎駅にとまっていた。窓外は雨で、広い操車場が見える。

「そうか。カプリオールか」

と気がついた。

トロント仕立ての「スーパー・コンチネンタル」3列車は、此処でモントリオールから来る「スーパー・コンチネンタル」1列車を連結して、一本の長いヴァンクーバー行大陸横断特急になる。長崎発の特急「さくら」2列車が、肥前山口の駅で佐世保始発の「さくら」4002列車と連結する時は、十一分しか手間をかけないが、カナダ国鉄では此のやりくりのために一時間十五分の停車時分が取ってある。

もっとも、其のことは時刻表の上で知っているだけで、「此処」と言っても、此処が何処だか実はよく分っていない。地図を出してカプリオールの町をさがしあて、トロントからどのくらい離れたかあたってみると、一と晩徹夜で走ったはずなのに、ヒューロン湖に沿うてオンタリオ州の東の方を、ほんの少々移動しているだけであった。

何しろ、私が52号車の10番ルーメットにおさまった昨夜半が火曜日で、一分後に水曜日になったけれども、此の列車は火曜日トロントを出て、土曜日の朝にならぬと西岸ヴァンクーバーへ到着しない。ゆうべ雲間に十三夜の月を見た。あの月がだんだんふくれてフル・ムーンになって、少し虧《か》け始めたころ、やっと汽車が終点に着く。機関車が怠けているわけではないのだが、カナダが広過ぎる。其の間、乗客の方は全くの無為無策で、食うと寝ると以外にあまりすることは無さそうであった。

東京のテレビ局の知人で、頻便症《ひんべんしょう》の男がいた。「本番テスト願います」「本番三分前」と、ストップ・ウォッチを見る度に便所へ駈けこみたくなるのだそうで、「時間を区切られた仕事をしている人間には、頻便症頻尿症が多いですよ」とのことであったが、其の逆の場合、人は便秘するかというと、そんなことは無いらしい。ルーメットに据えつけの、揚げ蓋式小型便器を眺めていると、正常に朝の便意を催す。

「スーパー・コンチネンタル」のルーメットは、九州特急「あさかぜ」のA寝台個室と同じ作りで、清潔にコンパクトに、よく出来ているが、自分の上下左右、ぐるりと見廻したらそれでおしまいである。多少独房に似た此の手狭な空間に、青い扉、青のカーテン、青いソファ、格納ベッド、洗面器、鏡、紙コップの筒、屑《くず》入れ、靴置き、洋服入れ、室温調節装置、小型扇風機——、人間はどうしてこんなに道具が要るのだろうと不思議な気がするくらい、ありと凡《あら》ゆる備品が取りつけてあって、便器もトイレット・ペーパーも、それぞれ然るべき位置を占めている。ごそごそ用を足し終って、ふと見ると、「停車中ハ流サナイデ下サイ」と、英仏両語で書いてあった。それは守らねばなるまいが、蓋をしてしばらくすると、自分の出したものが匂い出す。

ドアを固く締めて、私は食堂車へ避難することにした。寝台車を三つ抜け、朝食のテーブルにつくと、一夜明けたばかりだからお互い未だよそよそしいが、人のよさそうな爺さん婆さんがたくさんいる、若者もいる、赤ん坊連れの夫婦もいる、みんな神妙にナイフとフォークを動かしていた。ジュース、コーヒー、トーストに、ハム入りのスクランブルド・エッグスを註文《ちゅうもん》し、前に並べて食っているうち、汽車が雨のカプリオールを発車した。

昨夜、酒の飲みすぎで列車の点検をしていないから、食後、一応端から端まで「スーパー・コンチネンタル」の中を見て歩く。食堂車の一つ前は、ボーイング747の二階ラウンジのような美しいラウンジ・カーで、銀髪の婆さんが一人編物をしていて、其処までがトロントからの車輛、それより先十一輛はケベック州モントリオール仕立ての客車で、そちらへ足を踏み入れた途端に、フランス語が聞えて来た。

一本にまとめてみても、どうやら同じ特急が英語文化圏とフランス語文化圏とにはっきり分れている感じで、両域にわたって歩きまわっている人なぞあまりいない。アングロ・サクソン圏が寝台専用なのに対し、フランス圏にはコーチがついており、食堂も、売店ビュッフェ兼用のスタイルで、多少雑然としている。最前部の荷物車に突きあたったところで折返し、英語圏のラウンジ・カーまで戻って来たら、九十歳くらいの爺さんにつかまった。

「日本人か？　団体旅行で日本へ行ったことがある。自分は日本が好きだ」

と世辞を言ってから、

「あんたは向うの食堂車で飯を食ったのか？」

うさんくさそうに聞いた。「黒人街へはあまり入りこまない方がいいんだよ」というような口調であった。

「いいえ。散歩をしていただけです」

しかし、そういうことなら明日の朝、試みにフランス文化圏の食堂で朝食をとってみようと思い、さて、最後尾の乗務員用寝台車まで、蜿蜒《えんえん》十七車輛の検分をすませて自分の寝台に入って、溜《た》まっていたものを流したら、することが何も無くなってしまった。

列車はキロに換算して時速八十から百十くらいで走りに走っているが、行けど進めど白樺と樅の森ばかりで、車窓の景色が全く変化しない。森の中に、濁った水を湛《たた》えた沼があり、沼かと見れば川になり、川が滝つ瀬になって落ちている。百畳石とか鬼の砦《とりで》とか名のつきそうな巨岩を散見するけれど、畑も無ければ村落も無く、鳥や獣もおらず、単調な森林風景の中で単調な時が過ぎて行く。

小柄な女給仕がランチの註文を取りに来たので、一時の席を予約し、時間になって昼食を食って、それでも外は、ただ、限りも無くつづく白樺林と樅の森であった。

雨がみぞれに変った。此の広漠たる森林地帯が、一面の雪におおわれる冬景色を、私は想像した。折角古番頭のおすすめだが、ヨーロッパの森に棲むような妖精は、カナダの森には棲んでいそうもない気がする。合衆国西部の荒野を旅すれば幌馬車《ほろばしゃ》の姿が頭に浮ぶし、南部へ行けばフォスターの歌の調べが聞えて来るだろうが、此の涯《はて》しも無い北国の眺めからは、何のイメージも浮ばない。僅かに思い出すのは、三十幾年前に見たジュリアン・デュビビエの映画「白き処女地」のある場面だけであった。

持参の冒険小説を読んでみるが、ちっとも面白くない。読みさしの本を膝《ひざ》に落して、とろりとろりと居眠りをする。ずいぶん眠ったと思って眼をあけてみても、窓外はやっぱり同じ針葉樹の森であった。「今は山中今は浜」などということは起らないし、トンネルの闇を通って広野原に出たりは絶対しない。稀に、銃を持った狩人《かりゅうど》の姿を見かけ、湖水の上に水上機を発見し、民家の高いテレビ・アンテナを見つけたりすると、何だかほっとした気持になる。

午後おそく、私が熊に食われそこなったアガワ峡谷のはるか北を通過し、十八時五分、列車はホーンペインという駅に着いた。気温が下って、雪がちらつき出した。食堂車にも、ラウンジ・カーのバアにも灯がともって、何とはなし、誰もが人恋しいような雰囲気《ふんいき》になって来た。バアには、ギターを爪弾《つまび》く髭《ひげ》の長い若い衆がいるし、差し向いでカードを引いている女の子もいる。日本人の乗客は私一人のようで、食堂車のテーブルに坐ると、同席の老人たちから次々話しかけられる。

ヴァンクーバーに住む一人の婆さんは、

「私の娘婿がMITの教授をしていて、MITの在るボストンまで、娘と婿のMITの教授とに会いに行ったのだが、飛行機が嫌いだから、此の列車でヴァンクーバーへ帰るところだ」

と言った。MIT、MITとそんなに強調なさらなくても、MITがすぐれた工科大学であることぐらい知っている。

向い側は、ストラトフォード・アポン・エボンの出身でバーミンガムの住人だという英国人夫婦である。サザンプトンから「クキーン・エリザベス2」でニューヨークに着き、汽車でカナダを漫遊しているのだと、自己紹介をした。シェークスピアゆかりの地の出で、「クキーン・エリザベス2」の船客で、大した富豪かしらと思うけれど、どういうわけか此の夫婦が、「eight days」を「アイト・ダイズ」と発音なさる。ヴァンクーバーの婆さんは、耳が遠くて自己紹介が聞えなかったのかも知れないが、

「あなた方、オーストラリヤからいらしたの？」

と、澄まして質問した。

隣のテーブルからは、カナダもずいぶん北のユーコン地方に住む老紳士が、

「君は日本人だろう？　一九七〇年のエキスポの時、日本へ行った」

と、身を乗り出して来た。

「六つの大都市を廻って、人々が皆親切で、実に楽しかった」

「それは結構でした。しかし、大阪のエキスポの三年前に、モントリオールのエキスポがあったでしょう」

私が言うと、

「モントリオールへは行っていない。フランス系の人間は嫌いだ。彼らは friendly でないから嫌いなんだ」

同じカナダ人同士のこういう露骨な反目感情は、私どもにはどうもよく分らない。献立は昼と同じだが、妙な議論に捲きこまれて下手な英語でしどろもどろになったりしないように注意して食ってさえいれば、ショート・リブの煮込みがたいへん美味い。白葡萄酒も、よく冷えていて美味い。今ごろ古番頭が、一日の執務を終って、ミス・スラヴァのバアに立ちあらわれている頃かなと思う。

夕食の後片づけがすんだら食堂車でビンゴ大会を催しますと、案内があったが、私には古番頭もスラヴァも森の妖精もいないから、早目に御免蒙《こうむ》って「スーパー・コンチネンタル」第二夜のベッドへ入ることにした。

ところが、昼間居眠りをし過ぎたので、なかなか寝つけない。二十二時五分ナキナ、零時五十五分アームストロング、駅にとまっても果物一つ売っているでなし、ブラインドを上げて見ると、相も変らぬ樅の林に粉雪が降っている。独房に似た個室に閑居して、天井を睨《にら》みながら、此の長い汽車旅のつれづれを慰めるものは、飛びきり自由な空想しか無いという気がして来た。それで、頭の中が自作自演のお芝居になった。あり得べからざる場景を、とりとめも無く空想する。それ邯鄲《かんたん》の枕の夢、何を妄想《もうそう》したか、そんなことは書けるものではないが、流水落花の思いのうちに、ようやく車輪の響きがしなくなって眠りに落ちた。

トロント仕立ての「スーパー・コンチネンタル」は、東から数えてオンタリオ、マニトバ、サスカチュワン、アルバータ、ブリティッシュ・コロンビアと、五つの州を通るのだが、二日二た晩走りつづけて、三日目の朝が明けても、未だオンタリオ州内を走っている。時差が生じて、朝の八時が尚《なお》早暁だが、窓外は依然、いい加減にしないかと言いたくなるような針葉樹と白樺の森である。ソ連に何千万噸《トン》とか輸出するというカナダの小麦なぞ、何処で取れるのかさっぱり分らない。

予定通り、きょうの朝飯はフランス圏の食堂車へ行く。コーヒー・カップが合成樹脂だったりする代り、同じものを食って一ドルくらい安い。フランス語が聞え、Hの脱落した英語が聞え、「アム・エッグス」を註文したフランス系の青年と一緒に景色を眺めていると、列車の後方、東の空が明るくなって、陽がさし始め、初めて晩秋のカナダの森林らしい美しい朝になった。

レールに霜が置いている。湖の水面が光り、靄《もや》が立ち昇り、冬を迎える支度か、湖岸のボートはみな伏せてある。そのうち、砕石場のある小さな駅を通過して間もなく、線路わきに「Ontario-Manitoba」としるした標識がちらりと見えた。列車がどうやら、オンタリオ州を出抜けたらしかった。

フランス語文化圏の食堂車だからといって、パンもコーヒーも格別美味くはなかったが、すませて52号車へ帰って来ると、寝台のボーイが、私の顔を見て、

「きょう、機関車に乗せて差し上げようか」

と言った。

私を阿房列車の作者だと知っているはずはないから、たった一人の日本人の乗客が退屈しているのを気の毒に思ったか、心づけが目あてか、それとも汽車好きは特殊な匂いがするのか、いささかびっくりしたけれど、御厚意はありがたく受けることにした。

「あと三時間ほどでウイニペッグに着く。其処で機関車の方へ御案内しよう」

ウイニペッグは、ウイニペッグ・バレー団で名高いカナダで四番目の大都会である。無限につづくかと思われた森は、此のマニトバ州の州都が近づくころ、突然消えてしまった。

湿地帯があらわれ、刈取りを終った畑らしいものが見え、牛のいる牧場があり、烏の群れが飛んでいる。烏も牛も、甚だなつかしい生きもののような気がした。高い送電線、国道を走る自動車と道路標識、菜の花のような黄色の花が土手に咲いており、これなら日本や欧州の車窓風景と大して変らない。トロントからの乗務員はみなウィニペッグで交替するらしく、革ジャンパーに着替えた黒人の車掌が、

「Good-bye, ladies and gentlemen.」

と通路を廻り始めた。

郊外住宅、スクールバス、白煙を吐く工場、十時四十五分ウィニペッグ着、「特急」というけど「スーパー・コンチネンタル」はまたまた此処で、一時間二十分停車する。

「では行きましょうか」

と、52号車の寝台ボーイが呼びに来た。

「君も此の駅で乗務交替ですか」

「そうです。夕方まで休んで、十八時三十分発の『スーパー・コンチネンタル』2列車でトロントへ帰ります」

白人のボーイはそう言ってから、

「あれを御覧なさい」

と、高架プラットフォームの下の方を指さした。ヤードに、塗り色のきれいな弁慶号の

ような小型蒸気機関車がいた。

「土曜日曜には、あれが客車を引っぱって此の近郊を走るんです」

私が汽車に興味を持っていることが、何故分るのだろう。

最前部では、機関車のつけ替え作業中であった。頭の赤いディーゼル・エレクトリック三重連６５４０号が切り離されて、６５０５号が入って来る。

「当駅から乗務する機関士に、あんたのことを日本国有鉄道の職員だと紹介するから、そのつもりで」

と、ボーイは片目をつぶってみせた。其処で当方としては、チップをはずまなくてはならないことになる。

お世話になる機関士は、エルウッド・マックアイヴォアという爺さん、機関助士が若年のディヴ・ヒーバート、二人共大きな手をさしのべて、快く私を迎えてくれた。

「日本国鉄で、やっぱり機関車の方をやってるか？」

「いや。機関車の方とはちがう」

志賀直哉先生の『山形』という作品に、たまたまこれとそっくりの会話があったのを思い出したが、やむを得ないから、

「国鉄の、その、広報関係の仕事だ」

と、嘘をついた。

「そうか。広報か」

エルウッドは満六十三歳で、来年の十二月には長年の鉄道勤務を退職するのだと言った。

十二年前、私はシカゴからアイオワ州クリントンというミシシッピー河のほとりの町まで、貨物列車の機関車に乗せてもらったことがある。其の時の老機関士コニーに、エルウッドはよく似ていた。

シカゴのコニーは、途中小さな大学町を通過する時、長一声短一声の汽笛を鳴らし、

「此処の大学に、自分の孫娘が在学している。あれが彼女の寄宿舎、あれが何」

と、しきりに孫の自慢をして聞かせた。大学生の娘は、合図の汽笛を耳にすると、

「あ、今、おじいちゃんの運転する列車が通ってるな」

と気づくことになっているのだそうであった。

大きな体軀《たいく》、少したるんだ白っぽい肌、温和な眼、太い指が、十二年前のコニー機関士とそっくりである。

さて、機関車の出発準備はととのったし、後の方ではトロントからのラウンジ・カーがはずされて、あしたカナディアン・ロッキーの景観を客に見せるための二階建てドーム・カーが連結された。

エルウッド爺さんの曳《ひ》く「スーパー・コンチネンタル」は汽笛二声、十二時十一分、定時に六分おくれでウイニペッグを発車した。「カァン、カァン」と鐘を打ち鳴らして、ゆ

っくり構内を進んで行く。昔、満鉄の機関車が構内進行中、此の鐘を鳴らした。だから満洲育ちの子供たちは、汽車のことを「シュッシュッポッポ」と言わずに「カンカンポッポ」と言った。日本国有鉄道は英国国鉄が師匠だが、満鉄の御手本はカナダかアメリカだったのであろう。

町を離れると、行く手はただ一面の麦畑で、畑の中を単線の軌条が地平の彼方まで真っすぐ伸びている。ところどころに背の高い塔が立っているのは、穀類の貯蔵庫である。カナダが森林と湖だけの国でないことが分ったけれど、畑となったら今度は、何が何でも何処まで行っても畑しか見えない。麦畑がじゃがいも畑になったりビートの畑になったり、牧場があらわれたりするが、何しろどうも、途方もない大平原であった。

それでも、信号があると、エルウッドとディヴの二人が、何やら声を出して確認をし合う。

「『スーパー・コンチネンタル』の最高時速は八十マイル。あれが速力制限の標識、あの『W』は『警笛鳴ラセ』のサイン」

と、エルウッドが運転しながら説明をしてくれる。

ウイニペッグ基点13マイル、15マイルと、マイル・ポストの数字が次第に増えて、私は約六十マイル先のポーテイジという駅で下りるつもりだったが、爺さんが、

「よかったら、自分たちが乗務交替するリヴァズまで、三時間乗らないか」

と、人なつこげに言った。

もともと嫌いでないし、おすすめに従うことにしたが、おかげで食堂車の昼飯は抜きになる。エルウッドの魔法瓶《まほうびん》の紅茶を紙コップにもらって、爺さんが肥り過ぎないための低カロリー・ビスケットを御馳走になって、専《もっぱ》ら線路を眺めているうちに、列車はスピードを落とし、駅でもない所に臨時停車した。すれちがい用の側線があって、東行きの長い貨物列車が、側線に待避していた。相手が待避してくれているなら、こちらは特急らしく其のまま本線を突っ走ればよさそうなものだが、それがそう行かないのは、貨物列車が長過ぎて、尻《し》っぽが本線上にはみ出しているからである。つまり、「スーパー・コンチネンタル」を停めておいて、貨物はのろのろと頭から本線上に這《は》い出し、尻っぽを側線に引っこめて、初めて西行き本線の信号が青になるという仕掛けであった。実はトロント出発以来、何度となく、わけの分らぬ所でわけの分らぬ臨時停車をするのを不審に思っていたが、運転台から此の情景を眺めてやっと納得が行った。

其の次は、十五時ちょうど、東行きの「スーパー・コンチネンタル」2列車とすれちがった。日本国鉄の下り「さくら」1列車は、長崎までの間に上りの「さくら」2列車と一回しか行き逢わないが、考えてみればカナダ横断ヴァンクーバー行1列車は、トロント・モントリオール行2列車と、十二時間ごとにすれちがっている勘定である。今度は向うがそんなに長ったらしくないから、待避している「スーパー・コンチネンタル」のドームが見えて、カメラを向けている人が見えて、寝台車がいくつも見えて、あっという間に我が方は本線を通過してしまった。

とにかく、此のディーゼル三重連の試乗は面白かった。十五時五十分、四十五分延《えん》でリヴァズ着、礼を言って、二人の機関士と別れて私は後方の客車へ帰って来た。

東京世田谷の上野毛に、同業の友人で上野毛の毛蟲という男がいる。昔から、差しでずいぶんお花を引いた。毛蟲と花を引いていてつくづく感じるのは、つきの不思議さと時の流れの不思議さである。時間は決して一定のリズムで流れていない。「それはそういう気がするだけ」といったものではない。嘘だというならアインシュタインに聞いてみたい。二時間の約束で勝負を始めて、最初の三十分くらいは、時が馬鹿にゆっくり経つ。それから急転直下懸河の勢いになって、あっと思った時には、どちらかが敗を喫して終っている。人生も多分こういう風にして終るだろうが、とろりとろりの長い汽車旅も同じことらしくて、私が機関車を下り、ドームの二階席に坐ったあたりから、急に経過が速くなり出した。

ドーム・カー――つまり二階建ての展望車は、天井ガラス張りの美しい贅沢な車輛だが、プレートを見るとニューヨーク、ウォール街の信託会社の所有になっている。車輛名を「Athabasca」と言い、アサバスカは何のことか分らないから「遊ばすか」と覚えたが、此のアサバスカ展望車のソファで、きのうのユーコンの爺さんにバッファロ狩りの話や白夜

の話を聞かされたり、顔見識りになった婆さんたちに、
「ゆうべはビンゴに来なかったわね。今夜はいらっしゃいよ」
と誘われたり、やがて大平原に陽が落ちて、サスカチュワン州は夜のうちの通過になる。食堂車に移って賑やかに夕飯を食って、ビンゴのゲームもすんで、一と眠りして眼ざめると、時差修正ずみの午前二時五分前、機関車の上で2列車とのすれちがいを見学した時から早くも十二時間経っていた。こちらが側線にとまっており、ブラインドを上げると、何本目かの2列車、トロント・モントリオール行「スーパー・コンチネンタル」が、ドーム・カーの明りを影絵のように見せて、「カタタンタンタン、カタタンタンタン」といい音を立てながら通り抜けて行った。

七時、アルバータ州のエドモントン着、ロッキー山中のジャスパー駅へ、あと六時間に近づいた。此のまま終着ヴァンクーバーまで乗りつづける人もあるが、多くの客がジャスパーで下車する。ジャスパーは碧玉《へきぎょく》の意味である。私も此処で一旦下りる。古番頭の秘書が、世界に名高い国立公園の宿を手配してくれている。

食堂車が朝食の営業を終るころには、牧場と畑の大平原が尽きて、列車は再び森林地帯に入って行くようであった。ドームの展望車は、フランス語圏からの若い乗客も加わって満席になった。ブーツをはいたひっつめ髪のドイツ娘がいる。フィジー経由シドニーへ帰る濠州《ごうしゅう》娘がいる。三島由紀夫や安部公房の作品はお馴染みだという自称詩人のマサチュ

ーセッツの青年は、英訳の易学の本を読んでいる。

十一時過ぎ、左手遠く、ロッキーの青い山並みが見えて来た。森に未だ紅葉の名残がある。オンタリオ州の湖水はすべて飴《あめ》の色だったが、湖も川も初めて鮮やかな緑に変り、カナダ横断特急がようやく観光列車らしくなって、氷と雪の高山が大きく近く車窓に迫って来始めた。

私は52号車に戻って荷造りにかかった。ボーイが個室ごとにノックをして、

「Half an hour to Jasper, sir.」

「Half an hour to Jasper, sir.」

と、一種の調子をつけて呼んで歩き出した。

「スーパー・コンチネンタル」は、川波の立ち騒ぐ流れに沿うて、岩をくりぬいたトンネルを過ぎて、トロントから足かけ四日目の午後一時二十分、小雨のジャスパー駅に到着した。


駅から車で十分ほど走ると、樅の森と澄んだ湖と雪の山とにかこまれて、まことに清楚《せいそ》なジャスパー・パーク・ロッジがある。言ってみれば上高地のような所だが、秋の観光シーズンはもうおしまいで、滞在客はごく少なかった。此のロッジも今週末を以て閉鎖する。

「多分あなたが、今年最後の客になるでしょう」

と言われたが、店仕舞い前の投げやりな感じは無く、従業員がみなやさしく親切であった。雨に濡れた芝生を通って、私は湖畔の白木造りのコテージに案内された。ポーターが行ってしまうと、何の物音も聞えず、表扉のわきで、栗鼠《りす》が一匹、木の実を両手に捧《ささ》げ持ってかじっている。

私が最後の泊り客だとすると、「スーパー・コンチネンタル」を下りたあの大勢の人たちは何処へ行ってしまったのか分らなかった。

もっとも、カナディアン・ロッキーの国立公園は、三千メートル級の氷の山々を縫うて南北三百キロにわたってひろがる広大な地域である。北のはずれに近く国鉄のジャスパー駅があり、南の端に近くカナディアン・パシフィック鉄道のバンフ駅があって、ジャスパーとバンフの間がお定りの観光コースになっている。一日一本の観光バスが出ているそうだから、それでもいいけれど、出来ることなら私は、自分の車で自由に走りたかった。それで番号を確かめて、ハーツとエイヴィスの営業所にあたってみたが、どちらもシーズン・オフで車の数が少なくなっており、あるだけの車は出払っていて、あすにならないとはっきりした返事は出来ないと言う。

車が手に入れば、陽のあるうちに近まわりの景色を見かたがたドライブをして来るのだが、仕方が無いから母屋《おもや》のロビーで土産物店をぶらぶらひやかしていると、不意に、二人連れの日本語をしゃべる妖精が立ちあらわれた。

「あら、日本の方？　御旅行ですか」

と言う。季節はずれのこんなホテルに調査研究で滞在中の人間はあんまりいないだろう。御旅行に決っている。

「そちらは、何処の森から抜け出していらっしゃいましたか」

と聞きたかったが、さっき大陸横断の列車で着いたところだと告げると、私たちはロッキーの山を見に来たの、あしたの晩バンフ、あさってカルガリーから飛行機でアメリカへ飛びます、二人とも名古屋で会社にお勤めなんですと答えた。

日本の女性に会うのは、一週間ぶりぐらいである。夕飯を共にすることにした。

日が暮れて、がらんとした食堂で酒を飲んで洋食を食って、外はまた雨になっていたから、相合傘で彼女たちを別のコテージまで送って、

「僕もあしたバンフへ向うのです。レンタカーをしますから、よろしかったら僕の車にお乗りなさい」

と言って別れて寝た。

妖精を見つけて心が昂《たかぶ》ったわけではないと思うけれども、長の汽車旅で疲れているはずのものが、三、四時間で眼がさめてしまう。しばらく手紙を書いたり本を読んだり、ぐずぐずしていたが、雪と氷の道を運転するのに睡眠不足は危険だろうと思い、夜半三時過ぎに薬を飲んだ。

次にさめた時は――、腕時計の針を見るのに老眼鏡が要る。六時三分前だと思ったら十一時三十分であった。驚いて身支度をし、母屋のフロント・デスクへ行って訊ねてみると、「日本人のお客さまですか？　あの御婦人たちは、十時半のバスでお発ちになりました。きょうは、バンフ行のバスはもうありません。レンタカーの方も、未だ帰って来た車が無くて御用意出来ないそうです」

との返事であった。これは困った。親切げの無い妖精どもだ、それならそれでバスが出る前に一と声をかけてくれればいいじゃないかと思ったが、今さらどうにもならない。人気の無い食堂で、仏頂面をしてコーヒーを飲んでいると、午後一時少し前、やっとエイヴィスから電話があった。

「ダッジのコンパクト・カーが一台帰って来た。トランクの鍵が故障してうまくしまらないが、それでもよろしいか」

よろしいもよろしくないも無い。バンフまで二百キロ、これがきょう考え得る唯一の交通機関である。すぐ配車してもらうことにして、書類にサインをし、パクパク跳ね上るトランクの蓋を針金でくくりつけて、二時ちょうどにジャスパー・パーク・ロッジを出発した。

日本を出る前、

「あのロッキーの国立公園は、スイスともまたちがいましてね、ほんとうに素晴らしいですよ」

と聞かされていたし、古番頭も、

「カナダを旅行するなら、あの一帯は一見の価値がある」

と言っていたが、評判にたがわず、途中の景観は見事なものであった。アサバスカ川の清流、アサバスカ滝、「スーパー・コンチネンタル」の展望車の名前は、此のあたりの地名であったことも分った。車をとめて、滝の見晴し台まで小径《こみち》をたどって行くと、森の匂いがする。風がつめたく、粉雪が降って来る。アイガー北壁のような切り立った山肌が右に左に見え、半ば霧でおおわれた何とか山の中腹に氷河が緑色に輝いていたりする。手の氷《こお》りそうな湖の水をすくって飲んで、雄大な山容を仰いで、去りがたい思いのする場所もあったが、あまりに清らかで神秘的な絶景ばかり次々にあらわれると、チョコレートの箱を眺めているような感じがしないでもなかった。

積雪の峠を越えてバンフの町に入り、バンフ・スプリングス・ホテルという古風な大きなホテルへ、日没少し過ぎ、どうやら無事着くことが出来た。

荷物を運びこんで、こちらはやれやれの思いだったが、ふと見ると、ロビーのわきに妖精がいる。

「ああら、またお会いしちゃった。いつお着きになったんですか」

いつお着きになったかも無いもんだ、君たち不人情じゃないかと、文句を並べるのも大人気ない。

「けさは、寝てらっしゃるようだったから、黙ってバスに乗りました」

と言われ、昨夜来粗略に扱われたのも忘れて、今晩も日本人同士同じテーブルで食事をする約束になった。

斎藤茂吉に、

おのづからアワンチユールも醒めはてて銀座街上に老びと少し

という歌がある。北杜夫のお父さんは、あの時幾つだったろう。給仕に葡萄酒の栓を抜かせ、おのずからの酔いにまかせてこういうことを言えば、「何をする人か知らないけど、いやらしい小父さん」と思われるのが落ちだろうと承知しているけれども、

「カナダの秋の夜は長いですぞ。食後もっとお酒が飲みたくなったり、バンフの町の夜景でも見たくなったら、部屋を訪ねていらっしゃい」

と、番号のついた鍵を見せておいた。

それから自室に引き取って、三十分もしないうちに電話が鳴った。

「おや」

と思って取ると、二千マイル彼方《かなた》のトロントから、古番頭の声が聞えて来た。

「何だ、君か」

「何だ君かとは、何かね？　けさ女房が帰宅した。折角カナダへ来ていただいたのに、かけちがって留守をして大変失礼しました、よくお詫《わ》びを申し上げておいてくれとのことだが、ホテルの手配其の他、すべてうまく行ったか」

「いや、失敬々々。大体まあうまく行きました。色々ありがとう」

「森の妖精の方はどうです？」

「うん。実はそこのところを勘ちがいして、『何だ、君か』と口走ったんだ。それが君、気の無いつめたい妖精でね。ゆうべジャスパーの雨の中を相合傘で送って行く時、手はあったかかったんだけど」

「何を言ってるのですか、君は。いや、君は何をしておるのですか。まあいいや。それでは一路平安を祈る。日本へ帰ったら、田鶴子さんに呉々《くれぐれ》もよろしく」


翌朝下の食堂へ下りた時には、妖精どもの姿はロッキーの霞に紛れて失せにけりで、影もかたちももう無かった。

トロントで私の乗りそこなったCPの1列車「ザ・カナディアン」は、午後三時十分、定時に十分おくれでバンフの駅へ入って来た。CNの「スーパー・コンチネンタル」も堂々とした列車だったが、こちらは全車輛ジュラルミン色で、また一段と美しい。始発から満員札止めになるだけのことはある。大体それに、編成が短い。一輛半のコーチと二輛の寝台車、たったそれだけの客のために、二台のドーム式展望車と一輛の食堂車を連結するという贅沢なことをしている。

フランス風のアクセントで英語を話す白服のボーイが「Chateau Iberville」という名の162号寝台車ルーメット6番に案内してくれた。作りはCNのルーメットと似たようなものだが、音楽と車内放送の聞けるスピーカーのスイッチがある。

頭が赤白だんだら縞馬模様のディーゼル重連は、荷物車とも七輛の「ザ・カナディアン」を曳いて、十五時二十分、ロッキー越え、ヴァンクーバーへ向って発車した。

日本人乗客は、やはり一人もいないようだが、ドーム・カーの二階へ上って、一つだけ空いている席に坐ったら、隣がカナダ人の赤髭《あかひげ》の青年で、

「去年日本で汽車に乗った」

と話しかけて来た。よくあることだから、「ああそう」という程度で聞き流していると、

「自分は去年、まずポーランドへ飛んで、ワルシャワを基点に列車でレニングラードに入り、『赤い矢』号に乗ってモスコー、それからシベリヤ鉄道でハバロフスクへ出て、新潟から京都、京都から新幹線で……」

そんなに早口でまくし立てられてもよく分らないが、日本の蒸気機関車が今年（一九七

五年）一杯で廃止になることも、新幹線「ひかり」号の最高速度が何キロかということも、何でも知っている。

「ザ・カナディアン」のスピードとCPの信号システムについてちょっと質問したら、忽ちたいへんなことになった。

「それは、モントリオール何処とか間が最高八十九マイル、中部平原地帯は七十五マイル制限で、ロッキーにかかると屈曲が多いため、五十に落す。CPの信号は」

と、紙に図を書き、

「これが側線閉塞《へいそく》で、これが本線進行で」

今更「聞き取りにくいからもうたくさんです」とも言えず、勝手にしゃべってもらっているうちに、うしろから七十年輩のアメリカ人の爺さんが、首を出した。

「あのね。デンヴァーの大学を出たわしの二十六になる息子が、レイル・ファンなんだがね」

其処で今度は、赤髭と爺さんとの鉄道談義になった。分る部分だけ聞いていると、「息子、息子」と言うけれど、爺さん自身が相当の汽車マニアらしい。

泉下の内田百鬼園先生。昔市ヶ谷の先生のお宅近くに住んでいた上野毛の毛蟲なぞは、汽車が好きだといえばすぐ馬鹿に致しますが、世界に汽車の好きな人間は、文士を別にすればずいぶんたくさんいるようでございますよ。

窓外は吹雪で、粉雪が紛々と舞っている。列車は雪の中を、次から次へとトンネルを抜け、ループ状の線路を或いは東行し或いは西行し、のろりのろりと下界の平野さして下って行く。

頃合いを見て、私は展望車を抜け出したが、一時間ばかりあとで食堂車へ入ってみると、此処で赤髭と爺さんが、未だ汽車の話のつづきをやっていた。同席のヴァンクーバーの中年奥さんが、そっと赤髭の方を差して、

「あの人、クレージーね」

と言った。

幸い私は無口だったから、つまり英語でそう自在にはしゃべれなかったから、汽車狂いと思われずにすんだようであった。

それから一と晩寝台車で眠って、早く起き出してみると、樅や白樺の森も、雪も、もう無くなっていた。沿線の林は闊葉樹《かつようじゅ》に変って、列車は大河に沿うて走っており、岸に汽艇や小型の貨物船やバージがいて、海の近いことを思わせる。

「ザ・カナディアン」の最後尾は、レモン色の深々としたソファを幾つか並べた豪華な展望席である。昔の満鉄特急「アジア」の展望車に似ている。其処で私が旅の終りの車窓風景を眺めていると、居合せた車掌が、

「フレーザー河です。マイティ・フレーザーと言って、これより南西に流れて海にそそぎ

ます」

と教えてくれた。

力強きフレーザー、日本流に言えば坂東太郎、ロシア流なら母なるヴォルガといったところだろう。

流木に鷗《かもめ》がとまっている。海はますます近づいて来、線路は複線になり、行く手に大橋梁が見えて、午前八時二十五分、列車はヴァンクーバーの停車場に辷《すべ》りこんだ。

カナダ横断の旅はこれで終ったわけだが、偶然のことにきょうは十月の二十日、日本の十月二十一日で、志賀直哉先生の御命日にあたる。渋谷の家で、ほんの内輪だけの集りがあるが、無論出席は出来ない。何処かから、電話だけ掛けようと思った。

知り人の宅で好意の風呂を浴びさせてもらい、日本食の朝飯を御馳走になって、私はこれからロサンゼルスへ飛び、ホノルル行の日航機をつかまえるのだが、接続の都合上、ロス発は明朝になる。どうせ泊るなら、スモッグのロサンゼルスに宿を取るより、久しぶりのラス・ヴェガスで一と晩遊んでということにしていた。ところが、東京との時差を勘案すると、志賀家にみなさんお集りの時刻が、どうしても私がラス・ヴェガスでさいころを転がしている時刻になる。

先生の命日にラス・ヴェガスから御挨拶というのは少しどうかと思ったが、ヴァンクーバー十二時四十五分発のウェスタンでロス、同じくウェスタンのボーイング737に乗りついで、午後おそくヴェガスの飛行場に着いた。

冬服を夏の背広に着替えて、髭を剃《そ》って、やおらホテルのクラップス・テーブルに向って、四時間ほど健闘していれば、現地の午後十一時、東京の翌日午後三時になる。部屋へ引揚げ、ポケットから銀貨やチップスをざらざら取り出してみると、ちょうど日本への国際通話料金程度もうかっていた。私は交換手に、渋谷の番号を告げた。

「まあ。今、何処から？　ラス・ヴェガス？」

最初に出たのは、末娘の貴美子さんであった。

「もしもし。そんな大きな声を出しちゃあ困る。みなさんいらっしゃるんでしょう。こんな所から失礼だとは思いましたけどね」

次に康子夫人が出られて、直吉君が出て、次々色んな人が出て、田鶴子さんも出た。

「あらまあ。トロントからお電話下すったんですって。それは日本の何日の何時ごろか知ら？　わたくし、何処へ行ってたんでしょう。残念ねえ。それで？　古番頭さんは、どうしてらして。お元気にしてらっしゃること？」

「元気にしてますがね。あいつは貴女《あなた》のことを、未だに二十七八の若奥さんのように思ってるんです。呉々もよろしくとのことでしたが、実は田鶴子さん田鶴子さんで、大分肴《さかな》にしました。だけど、もしもし、もう三分過ぎちゃった。いずれ帰って万々。高くつくから切りますよ」

特快莒光號

十六世紀の末、南支那海を北上中のポルトガルの船乗りが、行く手に巨大な島とおぼしき陸影を認めて、

「オオ、フォルモッサ」――美しい緑の島が、と叫んだ。それが Formosa の起源だそうである。台湾の人たちは自ら宝島《パオタオ》と呼んでいる。米の二毛作が出来る宝の島、みどりなす蓬萊《ほうらい》の島へ、一時途絶えた日本の翼も日本アジア航空という名で運航を再開しているし、羽田からジェット機で二時間五十五分しか掛らないのだが、私は昭和十八年の春に立ち去って、以来三十三年間行く機会が無かった。

当時、私ども五百余人の同期生は、此の島の南部で六カ月間海軍兵科予備学生としての基礎教育を受けた。何も彼も、三十三年の間にすっかり変ったかも知れないが、蓬萊島を縦貫する汽車に乗って、若い日の苦しいような懐かしいような思い出のある旧海軍の学舎を訪ねてみたい。それについては、誰かお供が欲しいのだけれど、これがなかなかつかまらなかった。吉備《きび》団子一つやると、犬、猿、雉が宝の島へ供をしたのは昔の話で、初め同行してもいいようなことを言っていた上野毛の毛虫、等々力《とどろき》のゴリラ、みんな吉備団子の数に不服を唱えて逃げてしまった。

独り東京を発って、DC8の座席にぽつんと坐っていたら、

「三十三年ぶりの訪台ですか。それはお懐かしいでしょう。よろしかったらどうぞ」

と、機長が近ごろ出入りのやかましい操縦席へ案内してくれた。日本領空で、早くも台北との交信が始まるところであった。

「Taipei Control, Taipei Control. Good afternoon. This is Japan Asia 203. Position, over Miyako 0540. Request approach clearance. Over.」

0540はグリニッチ標準時である。台北管制塔が女の声で応答して来る。沖縄県先島諸島と一衣帯水、宮古島上空で右に変針すると、レーダーにもう台湾北端の突角が映っていた。

台北に、こがね虫という私の友人がいる。それから蔴袋庵丹陽《マータイアンタンヤン》先生という未知の人がいて、紹介状を持参している。着いた晩、私は蔴袋庵先生ほか十数人と一緒に、こがね虫の招待を受けることになった。

こがね虫は、台湾生れの本来同じ文筆家だが、台北の目抜き通りに黄金蟲大楼と称するビルディングを建てて、十階の社長室におさまっていた。斜め向いに目下第二黄金蟲大楼を建設中で、色んな事業をやっている。大金持ちになったこがね虫にとって、文筆活動は事業の一部に過ぎない。

社員の一人が、「黄金蟲農場何某」と書いた名刺を出すので、米かパイナップルでも作

っているのかと聞いたら、

「鰻《うなぎ》。蒲焼は浜松と思うのはもう古いよ。鰻は此のごろ羽田で獲れる。僕のところから、毎月二億円の成鰻を航空便で送り出してる」

日本の文壇に出た異国人でも、こういうのは珍しい。

御馳走は、前菜からすっぽんの甘煮、蟹、あさり、蝦《えび》、めそっ子の油炒《いた》め、豚の足までみな美味しかったが、私と入れ替りにこがね虫は明日日本へ帰る。汽車に乗って南へ行ってやろうとは言わなかった。結局、現地調達のかたちで私のお供をつとめてくれることになったのは、初対面の蔴袋庵丹陽先生である。


蔴袋庵は体重百三キロの巨漢で、仲間からジャンボと呼ばれている。此の巨漢が、何故蔴袋庵で丹陽さんかということを説明しておかなくてはならない。

彼の故郷は澎湖《ほうこ》島の馬公で、昔此処には、馬公要港部、のちの馬公警備府が置かれていた。物心つくかつかぬかの頃から、艦隊の出入りを眺めているうちに、彼は軍艦の魅力に取り憑《つ》かれてしまった。要港部司令部の水兵に分らなくても、蔴袋庵少年は、一と眼見ただけで、

「あ、伊勢がいる。足柄がいる、摩耶《まや》もいる」

と、入港中の艦艇の名をことごとく言いあてることが出来た。今でも、郷里へ帰り馬公

の港を望む丘に登って眼をつぶれば、在りし日の艨艟《もうどう》の姿がありありと瞼の裏によみがえって来るという。

戦争中、親の反対を押し切って海軍の少年工を志願した。馬公工作部の造兵科へ配属になり、造兵の技師や海軍士官たちに、ずいぶん可愛がられたらしい。食い物は追い追い乏しくなっていたが、小型船の進水式があると、赤飯の折詰が年少工員にも渡った。それが楽しみで、だからお赤飯はこんにち尚、蕭袋庵の好物である。

馬公で終戦を迎えた。丹陽先生は中国人だけれども、勝ったとは言わない。いくさに負けたあと、志を立てて元の台北帝国大学に入り、哲学を学んで学士様になったが、やがて元少年工の文学士に、ある種の事情で失意の時代が来る。

澎湖島の郷村に帰去して、母と二人暇な日を過していた蕭袋庵が、ある日、幼いころから馴染みの丘に上ってみると、港に妙なものがいた。

「おかしいな。日本の特型駆逐艦が入港している。今どき、そんなものが此処にいるわけはないんだが」

頭を振り眼をこする思いで見直してみたが、彼の脳裏の艦型識別表では、どうしても旧帝国海軍の特型駆逐艦としか考えられなかった。

「不思議だったねえ」

それが、復員輸送に従事したのち、一九四七年中華民国海軍に引渡されて「丹陽」と名を変えた元の駆逐艦「雪風」であった。

雪風のことは、伊藤正徳の著書に「世界一の好運艦」「世界海軍界の奇蹟」として話が出て来る。開戦の一年前佐世保で竣工後、スラバヤ沖海戦からミッドウエー、ガダルカナル、マリアナ沖、レイテの各海戦に参加し、「大和」の特攻出撃にも随伴して、其の間ほとんど無疵《むきず》で生き残った。

吉田満さんの「戦艦大和ノ最期」にも、雪風が身に数倍する水柱の幕を突き抜けては、大和あてに、

「ワレ異常ナシ。ワレ異常ナシ」

と発信して来る場面が書いてある。

そうか、あれは雪風だったのかと知った時、蕪袋庵は此の特型駆逐艦に、何としてでも一と眼会いたくなった。

「スパイの嫌疑を受けそうになりながら、色々手を使って軍港の中へ忍びこんでね、岸の雪風をこっそり仰ぎ見た時の僕の感激、阿川先生、分るか」

「雪風を慰める」と題する日本語の詩を蕪袋庵は作った。

「艦首一面の赤サビは疑いもなく君の涙であった

ゆるしてくれ

君の傍へ行って君と一緒に泣けなかったことを」

「ああ、わが友雪風よ
　光陰の過ぎること矢の如く」

其の後、老朽化した「丹陽」を記念艦として日本に還してもらおうという運動が起った際、彼は台湾で、手弁当で返還運動に参加したが、其の志は空しくなって、「丹陽」の雪風はもう此の世にいない。

八年ほど前、蕪袋庵に末の男の子が生れた。十二月十二日が誕生日で、「丹陽」が中華民国海軍の十二号艦であったから、男の子は丹陽と命名された。したがって、正確にいうと彼は丹陽先生ではなくて、雪風先生乃至《ないし》丹陽的父親先生である。男子生誕の祝いに、さる人が日本から、

「ふりつもるみ雪にたへて色かへぬ
　松ぞ雄々しき人もかくあれ」

という和歌を、手紙に添えて贈った。これは、曽《かつ》て蕪袋庵の国に至上権者として君臨した方の作歌だが、彼はまたまた感激し、歌にちなんで丹陽君の号を「峯松」とした。

戦後初めて日本へ来た時、昔の海軍関係者が、何処を案内しよう、何が見たいかと聞くのに、蕪袋庵は、

「宮城、靖国神社、明治神宮。それから江田島の海軍兵学校」

と答えたそうで、台湾を訪れる日本人旅行者が不用意なことを言うと、

「あんたたち、大和魂、忘れてしまったのか」

と叱られるという噂もあり、私は体重百三キロの軍艦マニアにお供をしてもらうことに、少々不安を感じ、

「高雄まで、一緒の汽車に乗って下さればそれで充分です。あとは一人でやります」

と尻ごみしたが、

「あんた、言葉通じない。何食べたら美味《おい》しいか分らない。何処《どこ》見ればいいか分らない」

全行程私に同道すると言う。其の間、蕪袋庵の商売はほったらかしである。

蕪袋庵の台北のアパートには、壁紙の代りに蓬莱米を入れた古い蕪袋がたくさんぶら下げてあった。彼の別号を鯤鵬《こんぽう》という。荘子逍遥遊に曰く、

「北冥ニ魚有リ。其名ヲ鯤ト為ス。鯤ノ大イサ其ノ幾千里ナルヤヲ知ラザル也。化シテ鳥ト為ル。其名ヲ鵬ト為ス」

僕はクリスチャンだけど、荘子はいいと思うね、小利口なのは嫌いですと、丹陽先生は言った。

「三十三年前、私が海軍の基礎教育を受けた高雄州東港は、もともと大型飛行艇の基地だったから、隊門の前に海軍が駅を作らせて、駅名を『大鵬』としたんですが、鯤鵬さん、そんなものもう残ってないでしょうな」

「いや、もしかすると、其のまま残ってるかも知れないよ」

蕪袋庵の鯤鵬は多芸の人で、ピアノも弾くし、素人料理大会で優賞の免状も取っているし、オーディオは専門である。部屋のドイツ製スピーカーから流れ出て来るのは、ヴェルディだったりバッハだったり、「心の色は赤十字」の婦人従軍歌だったり軍艦マーチだったりした。

仲間の姚《タオ》少姐《シャオチエ》や蔣《チャン》少姐や張少姐が集まって、台湾料理を作ってくれ、一人が「漁舟唱晩」「昭君怨」などという古曲を古箏《こそう》で弾ずるのを聞かせてもらったり、軍艦行進曲を聞かせてもらったり、一と晩遊び明かして、次の朝蕪袋庵と私とは、高雄行の汽車に乗ることになった。

昔私が文科の大学生で、魚返善雄先生の中国語の講座を取っていたころ、「同じ文字の国ですが、中国語と日本語はずいぶんちがいます。汽車は自動車で、火車が汽車です。『注意一秒怪我一生』という標語を見ると、中国人は変に思います。『一秒見ツメンカ、我ヲ怪シムコト一生ナリ』と読めるからです」

と先生に聞かされたが、台北の駅へ汽車すなわち火車に乗りに行って、成程と思った。停車場と書いてあるから駅かと思えば、それは駐車場で、駅は車站である。特急は特快で、現在基隆《キールン》、台北、高雄間の縦貫本線を、「莒光号《きょこう》」「観光号」「光華号」と三種類の特快が、上下三十六本走っている。

私どもが乗るのは、台北車站八時開車、朝一番の「莒光号」1列車で、全車輛冷房つきの一等が、ほぼ満員であった。台北駅の混雑は相当なもので、東京大阪ほどではないが、札幌駅の朝の賑わいに似ていた。

日本国有鉄道の在来線グリーン車とそっくりの客車の中に、ヨハン・シュトラウスのワルツが静かに鳴っていたのが、中国の国楽に変ったと思ったら、特快莒光号は定刻通り、台北站第一月台を発車した。

十一分後に淡水河を渡る。此の河の河口の淡水に、戦争末期震洋特攻隊の基地があって、郭公《かっこう》さんという台湾生れの軍医大尉が軍医長をつとめていた。郭公さんは今、五十半ばの偉いお医者さんになっているが、偶然、私の着いた日にギリシャへ旅立った。元海軍軍医大尉の郭公さんに弟がいて、弟郭公は高雄方面某基地の司令官で、中華民国海軍の少将である。多分、向うで会えるだろう。

大きな薬罐《やかん》を提《さ》げたボーイが、窓べのコップに湯を注ぎに来る。あらかじめ入れておいた香片茶の茶の葉が沸き立って、ジャスミンのいい匂いがする。制服を着たミス莒光号が、新聞とおしぼりを配りに来る。茶とおしぼりのサービスは、乗車中何度でも来る。

蕪袋庵が新聞を読んでいるので、私は、

「ちょっと失礼」

と、6号車26号の席を立った。

何が楽しみといって、日本を出る時から、台湾の汽車の食堂車に行くのは非常な楽しみであった。朝粥《あさがゆ》、餃子、肉絲炒麺、小籠包、きっとそういう美味《うま》いものを食わせてくれるだろうと信じていた。其のため、ホテルの朝食をとらずに来たのだが、メニューを見てがっかりした。西式早餐しか出さない。つまり、トースト、コーヒー、ハムエッグスのたぐいだけである。そう言えば、日本の食堂車でも、此のごろしじみの味噌汁の朝飯はもう食わせてくれない。

早々にトーストを食べ了えて、列車の検分をして歩く。客車は、ほとんどが日立や日本車輛の製品だが、中に台湾唐栄鉄工所製作の同じ型の一等車もまじっていた。最後尾が荷物車、8号車、7号車、6号車と一等車が三輛あって次が食堂車。5号車から1号車までまた一等車。其の前をディーゼル機関車が曳っぱっている。1号車の扉をあけて、機関車とのつなぎ目に立つと、油煙の匂いのする生あったかい朝風が頬を打ち、日本の戦前の1列車「ふじ」、11列車「つばめ」に乗って東海道線を下って行くようなまことにいい音がしていた。「ケタタッタッタ、ケタタッタッタ」、此の音は新幹線では聞くことが出来ない。小さな鉄橋を越す時、駅の構内を通過する時、音が乱れて「グワッ」と言ったり「カタケチャケタコト」と言ったりするが、また「ケタタッタッタ、ケタタッタッタ」になって、莒光号は台湾の西海岸を南へ南へと走って行く。

何キロ出しているのだろう。九時三十八分、竹南の少し手前で、同じベージュ色、ブルーの帯の莒光号22列車が北上するのと、あわただしくすれちがった。

座席へ戻る途中、満員の車内を検札に歩いている車掌がいたので、英語で話しかけたら、

「私、英語駄目。日本語で説明する。此の列車の最高速度、百キロ。ゲージは一メートル〇六七。そう、レイ・ロク・ナナ。日本の国鉄より少し狭い」

と教えてくれた。

豊かな緑の水田が見える。川で女が洗濯をしている。十一時三十二分、台中。十一時四十二分、竹南で岐《わか》れた山線と海線とが合する。パパイヤの木、ハイビスカスの花。ハイビスカスは中国語で吊燈花というそうだ。

弁当売りが廻って来た。

「阿川先生。台湾の汽車弁、食べてみるか」

蕪袋庵がきたたない小額紙幣をつかみ出して二つ買ってくれたが、アルミの弁当箱に飯をつめ、豚肉とハムを芸も無く載せてあるだけで、不味《まず》かった。

十二時二十分、天竜川のような鉄橋を渡ると思ったら、濁水渓であった。此の川の名を冠した作品を書いて、昔こがね虫が日本の文壇に認められた。

「僕の郷里の澎湖島は、此の沖あたりだよ。小さな島が六十もあってね、漁船で島めぐりをする。釣り上げた烏賊《いか》の中身をくり抜いて、糯《もちごめ》と干蝦、肉をつめて煮ると、烏賊がぱりぱりにふくれ上る。それを輪切りにして船の上で食うと、とても美味しいよ」

と、蘼袋庵が言った。

南へ下るにつれて、緑の田は実った稲田に変り、バナナ畑やマンゴの並木道が見えて来る。

沿線に貨物を曳く日本製蒸気機関車の姿を時々見かけたが、嘉義まで来ると、昔ながらの煤《すす》けた機関庫があり、色んな型の蒸機が煙を上げていて、此処は世界でも珍しいSLの宝庫のようであった。嘉義を過ぎ、「黄金蟲工業団地」と大看板の立った台南を過ぎ、十四時三十二分、台北から六時間と三十二分で、特快莒光号は終着高雄駅に辷《すべ》りこんだ。

昭和十七年の秋から十八年の春まで私のいた東港海軍航空隊は、高雄の南東二十五キロ、支線のまた支線のはしっこのような所で、鉄路の便は悪い。郭公少将の副官と電話で明日の打ち合せをしたあと、蘼袋庵が駅前のタクシーを値切った。ボロ車が高雄の市街を出離れると、何だか見馴れたような景色があらわれた。バナナの林、湿地帯、村の駄菓子屋、酒家、田の畔に白鷺――、ただし、昔あんなにいた水牛がいない。

「水牛は農耕以外ほとんど役に立たない動物でね。農村の機械化が進んでから、めっきり数が少なくなった」

一時間ほどで、東港の町へ入った。町のたたずまいは、あんまり変っていない。外出の度に散歩した三十三年前の、ほぼ其のままである。ある時、東港の小学校の女生徒たちが、予備学生隊の慰問に来た。講堂で、「一茶の小父さん」という童謡を日本語で斉唱した。小父さんの生れ在所は何処ですかと童《わらべ》どもに聞かれて、一茶が答える。

「はいはい私の生れはのう

信州信濃の山奥の」

東港での教育を終ったら何処へ行ってどんな任務に就かされるのか未だ見当がつかず、外面雄々しく内心不安な訓練の日々を過していた私どもは、望郷の念にかられ、聞きながらみなしんみりとなった。童歌のメロディを、今でも覚えている。陳氏何、林氏何と名札をつけていたあの色の黒い可愛い女生徒たちも、四十過ぎの小母さんになっているはずだが、会えるものなら一人でも二人でも会ってみたいと思った。

蕪袋庵がタクシーを下りて、あちこちの店屋を訊ね廻ってくれるが、突然のことで話が通じないらしい。其のうち、生徒ではなく、当時の東港小学校の校長、南国先生という人が見つかった。南国先生は、中気を患ったらしくて、白っぽい肥った身体で少し足を引きずっていた。私が名を名のり、

「民国三十一年ごろ、先生は此処の小学校の……」

と言いかけたら、

「年代は昭和で話さなきゃ分らんよ」

蕪袋庵が口を出し、南国校長先生は、

「あのころは小学校でなくて国民学校だが、あんた」

と訂正した。

「そうかね。あんた東港航空隊にいたのか。そりゃあ懐かしいだろう。わしが御馳走するから、東港料理食べて、今夜此処で泊って行きなさい」

「そんなこと言わずに、泊って行け。名物の蟹《かに》が美味しい。昔食べただろ」

しきりにすすめてくれるが、蒲袋庵の樹《た》てたスケジュールに依ると、蟹を食うことも泊ることも出来ない。暫《しばら》く立話をして、老校長と別れ、タクシーを東港駅へ廻した。

此処が東港線の終点で、これより東へ三キロ、大鵬駅前に、九七式大艇二式大艇の発着した昔の東港航空隊がある。何も変っていなかった。駅舎も昔のまま、プラットフォームにとまっているガソリンカーも、私たちが日曜日の外出に乗った其のままの古い車輌、大鵬という駅名まで元の通りに残っていた。

駅長や助役や、ガソリンカーの車掌が人なつこそうな顔をして集まって来た。私と似たりよったりの年輩で、みな陽灼けした顔に初老の皺を刻んでいる。

「三十三年ぶりに？　そうか。東港航空隊訪ねて？　懐かしいねえ」

「よく覚えているよ。三十三年前だね。ほんとにほんとに懐かしいねえ。今度、同期生たち連れて、又来なさい。きっと、大勢戦死しただろうねえ」

よそ様の国を属領にし、軍事基地を作って、其処で暮した青春の日が懐かしいからといって、涙ぐみそうになったりすべきではないと思う。そう思うけれども、「懐かしい、懐かしい」と言ったのは駅長さんたちである。彼らは昔、林辺や枋寮や、此の方面の支線の若い鉄道員であった。日本軍の兵士として出征した人もいる。

「此のガソリンカーが、十七時七分に発車する。昔のこと思い出して、あんた、おおとりまで一と駅乗らないか」

駅員たちは、隣の「大鵬」駅のことを、日本流に「おおとり」と呼んだ。

蕪袋庵にタクシーで隊門へ先廻りしてもらうことにし、私は切符を買って単車の汽動車に乗りこんだ。腕木シグナルが下り、駅長に見送られて東港を出ると、大鵬まで四分。車掌が運転士に、私のことを話した。運転士も中年で、「覚えてるよ。懐かしいね」というように、前方を注視しながらにっこりして見せた。

「あれが、元の航空隊。給水塔と、無電の鉄塔が一つ残ってる。見えるでしょ」

変ったのは、無人の駅だった大鵬に駅員がいること、此処が今では飛行艇の基地でなくなっていること、元航空隊の正門には、「中国空軍幼年学校」と看板が掲げてある。畑の中を遠ざかるガソリンカーの上から、頭の薄い台湾人の車掌がいつまでも手を振っていた。

其の日は日曜日であった。番兵に断わって隊門を入ると、衛兵詰所で当直員が二人、カラー・テレビを見ながら象棋《しょうぎ》をさしていた。蕪袋庵が華語で事情を説明するのを聞き、

「よく分った。それは懐かしいだろう」

と、上官の方が言った。

「しかし、きょうは日曜日で、しかも夕方で、上司に連絡が取れない。私たちの独断で隊内の見学を許可するわけには行かないから、どうか悪しからず」

対不住《トイプチユー》々々々と、もう一人が表まで送って来た。

其の晩の泊りは台南である。これは、蕭袋庵がそう決めている。待たせてあったタクシーで高雄へ引返し、さらに国道一号線を北上して、蕭袋庵の家族が住む台南の市街へたどり着くころには、すっかり日が暮れた。

日本人の旅行者が台湾の宿に入ると、おかみだかマネージャーだかが、

「あんた、お嬢さんいるか？」

と訊ねに来るという話がある。

「いますよ。大学生です」

「いるか」

「だから、一人います」

「二人、多いよ。一人のお嬢さん、あんたいるか」

私には、百三キロの蕭袋庵がすべてのお膳立てを整えて傍に頑張っているので、お嬢さ

んがいるかいないか、そういうことが考えられない。其の晩は古都台南の夜店で、蕭袋庵夫人や丹陽少年も一緒に、屋台の珍しい物をあれこれ食べ歩き、お嬢さんのいないホテルに泊って翌朝――、暑い日になった。

約束の高雄方面某海軍基地を訪問すると、穏やかな顔をした小肥りの弟郭公さんが、少将の夏軍装で迎えてくれた。アドミラル郭公は、私のために各種艦船施設の見学、港内巡航、そのあと美味しい魚料理で昼食と、色々予定を樹てていたようだが、其の大部分を御割愛願うより仕方がない。何故かというに、蕭袋庵が午後二時嘉義発の軽便鉄道で、私を阿里山の上へ引っぱり上げるつもりでいる。高雄の商港だけ見せてもらうことにした。

妙なことだが、海軍というのは、司令官公室の模様から将官艇の艇内、もやい綱のさばき方、旗の上げおろしまで、高雄、横須賀、真珠湾、世界中何処へ行っても大体同じなのである。将官礼式のパイプが鳴り、少将旗が上って、私たちを乗せた内火艇は基地の桟橋を離れた。

私は三十四年前の秋、「あるぜんちな丸」で此の港に入り、三十三年前の春「愛国丸」で此処を去った。東港とちがい、往時に較べてたいへんな変りようであった。先年見学した西ドイツ、ハンブルクの港をしのぐほどの近代的大商港に発展している。

両舷に各国各種の船舶を眺めながら、風に吹かれ、眩《まぶ》しい南の陽を浴び、水兵につめたいもののサービスを受けての港内巡視はいい心持であったが、私以上にいい心持になったのは蕭袋庵丹陽先生である。

「あすこに、人の乗ってない古い大きな貨物船がいる。あれ、丹陽が鹵獲《ろかく》したソ連船。阿川先生、ノートに書く。早く書く。五〇六号、ソ連船。領海を侵犯したのを、小さな丹陽が勇敢に鹵獲した。今見とかないと、もうすぐスクラップになる」

一時間ほどで岸壁に上り、郭公少将と挙手の礼で別れて、私たちは高雄站十一時五十分開車の特快観光号に乗車した。いきなりだから「自願無座」といって立席承知になったが、苦にするほども無く、嘉義に着いた。

此処から阿里山の頂、二三三一メートルの高所まで、日本時代に建設した阿里山森林鉄道が通じている。何とも趣のある小型蒸気機関車がおり、これが歯車減速装置を持った力持ちで、昔、明治神宮の鳥居や軍艦長門のデッキに使う阿里山の檜《ひのき》材を山から運び下ろした。ただし、台湾でも旅客列車はもう蒸機に曳かせない。三年後には幹線の電化が始まる。私たちの乗る森林鉄道の光復号も、赤いちっぽけな箱ながら、「対号快車」と称して小型ディーゼル機関車の曳っぱる座席指定の急行である。日本人は私だけだが、香港からの観光団や高砂族らしい面相の若者や、満席の乗客をつめこんで、対号快車光復号は午後二時ちょうど、嘉義駅を発車した。

〇・七六メートルの狭い軌条を削り取るような音を立てて、ゆっくりゆっくり進む。駅にとまると、子供がパイナップルや西瓜やアイスクリームを売りに来る。五月の末だが、台湾は真夏の真昼で、むやみに汗が流れて水っけの物が欲しい。私が西瓜を一と切れ食う間に、蕪袋庵はアイスクリームを三つ平らげた。

時おり、駅ともいえぬ駅の構内で、一寸法師の歯車式蒸機が曳く、竹材檜丸太杉丸太を積んだ貨物列車と行きちがう。十五時二分、第一トンネルを越すと山は小雨で、視界は悪かったけれども、大分気温が下って汗が出なくなった。標高八〇〇あたりで、「是《これ》まで熱帯林、是より暖帯林」の標識が線路わきを過ぎた。植物相が変って来、何か珍しいものがあると、蕪袋庵がそれ見ろあれ見ろと指図をする。

「ずいぶん涼しくなった。雪風のおかげです」と私は言った。「だけどねえ、丹陽先生。あなたは鯤鵬と号して、小利口なせかせかしたのは嫌いだというくせに、意外に忙しい人だねえ。雪風は大和の供をしたんでしょう。僕は、あなたの巨体に引っ張り廻されてると、段々どっちが大和のお供か分らなくなって来る」

蕪袋庵は大きな声で笑い、

「丹、陽、共に暑い。雪、風、共に寒い。今、丹陽は懐かしい祖国の雪風に還って、新高山に登るところ。これがほんとのニイタカヤマノボレ」

「何ですか、それは」

「あのね、新高山を現在玉山と言う。此の森林鉄道の終点が、玉山へ登る人の登山口になっている。だから、僕たち今、ほんとに新高山登っているんだよ」

長いトンネル短いトンネル、千分の六十というような急勾配を、明治時代の信越線碓氷《うすい》峠の如く、のろりのろり出たり入ったりして登って行くうちに、第三十一号トンネルの手前でポケット版の登山急行は停車した。土砂崩れで、隧道が不通になっていた。

それより老若男女の乗客、みな荷物を提げ、霧に濡れた道を山越えして、向うに待っている光復号に乗りかえた。十七時四十分、「是まで暖帯林、是より温帯林」、標高一八〇〇メートル。植物相が一層変って来た。吊燈花やカンナの花やブーゲンビリヤはもう見られず、羊歯《しだ》の繁み、杉の植林、小さなつつじが咲いている。山あいを滝が流れ落ちており、岩が苔むし、景色は次第に深山幽谷の趣になって、霧の晴れ間に突兀《とっこつ》とした峰の頂がのぞいている。

十八時八分、「神木」駅。雷に引き裂かれた樹齢三千年の檜の枯木があった。蕪袋庵の解説に依れば、一とクラスの小学生が手をつないで幹を囲んで囲み切れないそうだ。御神木は注連縄《しめなわ》の代りに避雷針をつけていた。

「疲れたでしょう。もう一と息だ。次が終点阿里山です」

と、蕪袋庵が言った。

海抜二三〇〇メートルの阿里山の上に、阿里山賓館という立派なホテルがあって、玄関前の吉野桜の古木が青葉になっていた。あたり一面、濃い霧である。霧のしのびこむ寝室で一と風呂浴びて、食堂へ出た。

此のホテルは、三食中華風の定食を供すると聞いて楽しみだったが、

「一番美味しいのは、寒冷の高地でとれるキャベツだよ」

と、菜単に無い甘藍の油炒めを蕪袋庵が註文した。

一人、素足にスリッパをひっかけて食事をしている人があった。材木の買いつけで滞留中の日本人と見えた。

「台湾では、スリッパ穿《ば》きでホテルの公室に出る習慣がありますか」

「ありません」

蕪袋庵はやや憤然として答えた。

「台湾の人はみな、日本好き。私らより年上の者なら、みな日本懐かしい。しかし、日本から来る旅行者、お客さんいるとこへ平気でスリッパで出て来る。特快に乗ると、靴脱いで前の人の頭のところへ沓下《くつした》のまま臭い足上げる。女の子に手洗い何処か、聞く。故宮博物館の中、ゆうべ寝た女と手つないで、仲間たちみんなで大きな声して騒ぎながら歩いてる。僕の友だち、崔少姐、楊少姐、故宮博物館に勤めてるけど、顔しかめるね。台湾は男の天国。でも、何故そっとやらないか。何故、娼婦と手つないで、大学出た博物館の女子服務員からかったりするか。すばらしい日本人が、どうしてあんなすばらしくない態度出来るのか」

「まあまあ」

と、私は日本流に紹興酒の瓶を持ち上げた。

八時から高砂族の民族舞踊ショウがあるというが、御免蒙《こうむ》ることにする。空気は爽やかだし、キャベツは美味しいし、汽車にも充分乗ったし、余計な見物をして疲れたくない。明朝四時十五分起きで、展望台へ、玉山に昇る日の出を拝みに行くバス・ツアーがあり、蕪袋庵は参加すると言うが、これも御免蒙ることにした。

酒の廻りが早く、一と晩ぐっすり眠って眼をさましたら、蕪袋庵が帰って来ていた。

「新高山は雲かぶっていて見えなかったが、日の出がきれいだった」

午後一時三十分発の嘉義行光復号まで、何もすることが無い。散歩に出ると、檜や杉の深林の中で、しきりに小鳥が鳴いている。ひんやりして快いが、高度のせいですぐ息切れがした。駅前の土産物屋で、六、七本一束日本金四百円の阿里山山葵《わさび》を売っていた。午前中無為の時を過し、山葵を買って、嘉義まで四時間、山下りの快車に乗りこんだ。

山頂で蕪袋庵の見た朝日は、私たちが嘉義站の月台で其の日最終の莒光号10列車を待っているうちに、西の空を茜《あかね》と紫の色に染めて中国本土の方へ沈んで行った。

高雄地区防空演習で訓練空襲警報が発令になったため、特快10列車は十八分おくれて入って来た。一昨日乗ったのと同じ設備同じ編成で台北へ帰る。嘉義の次の特快停車駅は斗

六、次が彰化。蕪袋庵を座席に残して、私は最後尾の闇のデッキに立っていた。

日本の統治下を離れたあと、台湾の交通は右側通行に変ったが、鉄道だけは依然左側である。それが、彰化を発車後ふと気づいたら、莒光号は複線の右側を走っていた。一瞬、おやと思ったが、理由はすぐ分った。山線と海線が岐れる関係で、それほどむつかしいシステムではないけれども、こういうことは興味のある人間ならすぐ分るし、分らない人にはいくら説明したところで分らない。蕪袋庵も軍艦専門で汽車にあまり関心が無いようだから、知らないだろう。席へ戻って、図を書いて教えてやろうかと思うが、いい気持なので、其のままずっとデッキに立っている。

「ケタタッタッタ、ケタタッタッタ」と音がして、閉塞信号の赤い灯がうしろへ遠ざかって行く。踏切が開き、自転車に乗った人の線路を渡るおぼろげな姿が、見る見る小さくなる。「ケタタッタッタ、ケタタッタッタ」という鉄路の響にまじって、田の面の蛙の声が聞えて来た。

元祖スコットランド阿房列車

未だ九月半ばというのに、エジンバラ駅の構内は寒風が紙屑を捲き上げていた。薄曇りの冷え冷えとした如何にも北国の朝で、スコットランドの秋がこんなに駈け足だとは思わなかった。

私は夏物の洋服の上にレインコートの襟を立てて震えながら待っている。これでもうすぐスチームのきいた一等車が眼の前に入って来るようなら有難いのだが、此の国では万事がそう簡単に運ばない。偶々《たまたま》きょうは日曜日で、英国のめぼしい列車はほとんどが運休になる。子供のころから「飛び行くスコットランド人」の名で私が憧れていた古い急行列車「フライング・スコッツマン」も運転休止である。

それでは寒い駅構内で何をうそうそしているかというと、仕方がないから自動車でイングランドへ南下しようと思う。其のレンタカーの事務所が此処に在って、係員があらわれるのを待っている。本来こういう面倒な手続きはお供にやってもらいたいのだけれど、今回はお供が幽霊で、常々、

「ええとそのウ、何はどうしますか、あれは……。まあ何でしょうねえ、あれについてはその」

と、日本語でも話の穂先が怪しくなるのを知っているのに、英語の交渉事を委せるわけには行かない。幽霊は今ごろ、ホテルで独りぬくぬくと足など投げ出して紅茶を飲んでいるはずであった。

　約束の時刻を大分過ぎた。ほんとうに来てくれるのかしらと思っていると、鍵のかかったレンタカー事務所の外側に取りつけた電話が鳴り出した。此の専用電話は、事務所が無人の時客が係りを呼び出すためのもので、係りが客を呼び出すのは変だから、半信半疑ではずしてみたら、女の声が私の名前を確かめる。

「遅れて申し訳ないけど、もう暫《しばら》く其処で待っていて下さい」

　ほッとすると同時に少しむッとした。こういう場合、昔は下手な英語で構わず怒り出したものだが、近ごろ其のようなはしたない真似はもうしない。

「異国の旅先で女性を怒鳴ったりしてはいけないよ」と、百科事典のミウラニカという友人から忠告されている。「どうしても腹の虫がおさまらなければ、刺のあるウィッティな皮肉を言ってやるべきなんだが、あんたの英語でそれは無理だろうしねえ」

　寒さしのぎに駅の中を歩いてみることにする。北部スコットランド、ネス湖からインバネス方面への出発フォーム十六番線に、普通列車が一本だけ、煖房の蒸気を吹き出しながら停っていた。間もなく発車らしく、肥ったイギリス娘が大きな鞄をかかえて走って行く。最後尾の客車が吊り下げている赤い標識灯は、日本では五十年前に姿を消した、西洋骨董《こっとう》

店にありそうな油焚きのカンテラ・ランプであった。爺さんの駅員に訊ねると、

「長距離の急行列車は電池式のも使っている」

と言った。

構内あちこちに、「国鉄近代化」のポスターが貼り出してある。

「英国鉄道公社は、目下近代化計画を進めております。其の間乗客の皆さまに種々御不便をおかけしますが御容赦下さい」

寒いから、四ペンス払って有料便所へ用足しに入った。すべてが古く暗く薄ぎたないエジンバラ駅の中で、此処だけは馬鹿に豪壮で美しかった。

日本国鉄に、駅の便所の設計改良で半生苦労した工学士がいて、職掌柄便所が大好きで、十五年ばかり前、「トイレット部長」と題する駅便物語を世に出した。留学先のパリの駅便所で、物差しとカメラを手にごそごそやっていて覗《のぞ》きの痴漢にまちがえられた話とか、臭い原稿を書き了えると、息子に「お父さん、よく手を洗ってね」と言われる話とか、そういう本である。早死にしてすでに故人だが、あのFさんに、

「英国の鉄道の近代化は駅便から始まっています」

と、絵葉書で知らせてあげたら喜んだろうにと思う。

やっと、待っていた女の子が書類挟みを持ってあらわれた。必要な手続きをすませ、キイを受け取って駅の構内で車を廻し、プリンセス・ストリートへ出て一と走り、ホテルの

前で、熱い紅茶をたっぷり飲んだような顔つきの幽霊を荷物ごと拾い上げた。

「遅かったですねえ。心配したですよ。うまく行きましたか」

「うまく行ったから迎えに来たんじゃないか」私は少し癪にさわっている。「風邪をひきそうだ。君、ナヴィゲーターだよ、きょうは。スコットランドで運転するのは初めてだからね。地図をしっかり睨んで、道をまちがえないように」

「大丈夫です。カメラと山スキーは玄人《くろうと》並みです。ただ、僕も何が要るんでね」

「何が？」

「小さいあれを何するのに、地図をあれするには何が」

幽霊も齢で、老眼鏡が無いとロード・マップが見られない。老眼鏡の上に天眼鏡を用意している。天眼鏡と二人で、ともかく日曜の朝の古都エジンバラを出発した。


十九世紀の前半、今からおよそ百五十年の昔、スチヴンソンの蒸気機関車が初めて客車を曳っぱって鉄の軌条の上を走ったのが、英国中部、スコットランド境に近いストックトンとダーリントンという二つの町の間である。我流の南蛮汽車を運転するからには、やはり一度、元祖発祥の地を見ておきたかった。本家詣《まい》りにガソリン・エンジンを使うのが不本意だけれども、此の度其の望みが叶うことになった。田舎道に入ると次第に心が弾んで、蕭条《しょうじょう》としたスコットランドの風景が美しい。

緯度でいえば樺太の北端あたりの国道A1号線を、車は走っていた。左手に時々、鉛色の北海が見える。山野は小雨、みぞれに変りそうな冷雨の中に牧場、牛、緬羊、スコットランド民謡で馴染みの麦畑、樫《かし》の木。樫の大木がウイスキーの樽になって、麦畑の向うにウイスキー工場があって、日本でも名高い銘柄が書いてあったりする。

「どのぐらい来た？　バアウィックへあと何マイルかな」

「バア、何ですか？」

「バアウィック」

「バア、バア、バアと。——無いですねえ、そういう町は」

「無いことがあるもんか。バアウィック・アポン・ツイード。其処まで入ればイングランドだ」

「何だかあれで眠いからね。眼が未だはっきりしないから」

ちっとも大丈夫でない。地図の何処を見ているのか知らないけど、町の名、道の岐《わか》れ目を尋ねる度に、そんなものありませんと幽霊が言う。車のヒーターは効いて来たし、幽霊はホテルで悠々紅茶とトースト、ハムエッグスに満腹し、眠いのだろうが、私は睡気を催してはいられない。

「因果なことだな」

「何がですか？」

「何でもいいけど、僕は朝飯を食ってないんだよ」

スコットランドとイングランドは、二十世紀の初頭まで別の国であった。国ざかいへ六マイル、此処がスコットランド最後のホテルという赤獅子亭で車をとめた。朝食を取り、道を確かめ、頼りにならぬ幽霊ナヴィゲーターを頼りに、それよりバアウィックを過ぎ、工業都市ニューキャッスルは迂回《うかい》して、タイン川の有料トンネルを抜け、南へ南へ、午後一時すぎには何とかストックトンの町へ入って停車場をさがしあてることが出来た。

古い赤煉瓦の倉庫然とした駅であった。案内所の窓口で女の子に来意を告げると、

「此処はストックトン・ダーリントン鉄道の起点となった昔の駅ではありません。創業当時の駅は今……」

と、紙に略図を書いて教えてくれた。

昔の駅ではないと仰有《おっしゃ》るが、それにしても汚ない駅ですなあと言いかけて、

「古い駅ですね」私は言い直した。「此の建物自体、百年近く経っていそうな感じがしますけど」

「百年？　いいえ、百年じゃとてもきかないと思いますよ」

道理で蒸気機関車全盛時代の煤煙が、いたるところに黒く染みついている。ただし、現在ストックトンとダーリントンの間には、二輛連結のディーゼル・カーが運行しているだけで、其のディーゼル列車も日曜日は二時間に一本と間遠である。路線も往時のものとは

ちがうし、乗ってみても何の変哲も無いらしい。

小さな町だから、教えられた旧駅はすぐ分った。駅というより古色蒼然たる煉瓦積みの民家で、見に来る人なぞ絶えて無い。よくよく眺めると煉瓦の壁に古ぼけた銅板がはめこんであって、

「一八二五年、此の場所に於て、ストックトン・ダーリントン鉄道会社は最初の旅客に乗車券を発行し、人類の歴史に一つのエポックを劃《かく》せるものなり」

と読めた。

扉に鍵がかかっているが、平素は誰か住む人があるらしく、屋根にテレビのアンテナが見える。相変らず冷たい小雨が降っている。前庭の芝生に、すがれたジェラニウムと何か紫の草花が寒そうに咲いていた。

「史跡も、こういうのは風情があっていいですね。朽ちて崩れそうで、観光バスなんか来ないとこがいいじゃないですか」

と、幽霊がしきりにシャッターを切る。玄人はだしの腕前だそうだが、何しろ英語をしゃべる人間があらわれたら途端に口をきかなくなる性《たち》で、口のみならず耳も眼もふさいでしまうから、きのうロンドン空港で所持品検査の時、係官の注意に一切応答しなかった。係りは、

「持ち込み手荷物をX線で透視します。フィルム類は取り出して下さい」

と言っていたのである。あの検査装置を通過させたフィルムに、ストックトンの停車場史跡が写っているかどうか頗《すこぶ》る怪しい。

「もういいよ、君。どうせ現像したら全部まっ黒けなんだから、行こうよもう」

私は言った。

「そんなことは無いです。念のためにフィルムを取り替えました。次は何処へ行くんでしたか。ダア、ダア」

「ダーリントン。頼むからしっかりしてくれ。A66で約十二マイル。地図を出して。少し急ごう」

「どうしてそうせかせかするのかなあ。ちょっと待って下さいよ。何だか此の裏に線路みたいなものがある」

それは、幽霊の言う通りであった。赤煉瓦の旧駅の裏手が石炭置場になっていて、草の生い茂った引込線が三本並んでいた。記念碑は立っていないが、「鉄の馬車」に曳かれた当時の旅客列車は此の線の上から出立したにちがいない。

雨の中を、歯の抜けたみすぼらしい爺が一人あらわれた。

「あんたたちは何だね？　日本から鉄道の遺跡を見に来たのか。そうか。俺は此の石炭置場で働いてるんだ。そうだよ、今でも此処から本線に石炭を運び出してるんだよ。機関車はもう石炭を使わないけど、町で使うからね」

爺はそう言って、自分の自動車を水溜りのわきに駐《と》め、

「きょうはあすこで一杯飲むんだ」

と、道向うの居酒屋を指し、小雨に濡れながら去って行った。


十二マイル西のダーリントンは、ストックトンに較べるとはるかに大きな立派な町であった。繁華街の突きあたりに、高い赤煉瓦の時計台が見えて来、地図と首っ引きをしていた幽霊が、

「あ、あれがあれだな。いや、あれかと思ったら何じゃないかな。いや、あれだ、やっぱりあれだ」

と、頓狂《とんきょう》な声を出した。

果して時計台は国鉄ダーリントン駅であったけれど、これもスチヴンソン時代の旧駅とはちがう。百五十年前の停車場は、ペンキだけ塗り替えられて、ノース・ロード・ステーションという名で町の一隅に博物館として残っていた。

其処に、世界最初の客車を牽引した「ロコモーション」号の、湯沸し器に車輪をつけたような原物が保存してある。其のほか鉄道関係の色んな古物が保存してある。

「変な国だねえ」私は言った。「博物館に古い物が並んでるのは当り前だが、同じ古い物が町の中でも生きて働いてるでしょう。僕はそういう英国が好きだけどね、此のカンテ

ラ・ランプを見ろよ、幽霊さん。けさエジンバラの駅で列車についていた赤い尾灯とそっくり同じだぜ」

幽霊は又々写真機を取り出し、

「一枚写しておきましょう」

と、私を時代物の蒸気機関車の前に立たせた。

これよりダーリントンの町をあとに、幽霊ナヴィゲーターが度々地図を見損うから妙な田舎街道へ迷いこんで、夕暮近くヨーク市内へ入った時には、心身疲れ果ててしまった。アングロ・サクソンにとってニューヨークが新世界の東京なら、ヨークは御先祖様にゆかりの深い京都で、城壁に囲まれた九世紀以来の古い町には見るべきものがたくさんあるのだけれど、もはや何を見る意欲も起らない。ただ、ホテルに国立鉄道博物館のミセス・ディッキーから伝言が届いていた。

「六時までお待ちして居ります。閉館後でも構いません、御連絡下さい」

ポンドがいくら下落しても、イギリスという国はこういう点きちんとしたもので、次から次へ物ごとのぼけてしまうイタリア、スペインあたりと大分ちがう。さる筋からの紹介で、御膳立が出来ているらしかった。

「これは君、行かないわけには行かないだろう」

「そうですねえ、やっぱり何にあれだからねえ」

ヨークの鉄道博物館は、昨年九月二十七日、鉄道開通百五十周年を記念して新しく開館した、此の古い町には珍しい近代建築で、ダーリントンのノース・ロード・ステーションとは比較にならない。大きくて設備が整っていて案内者が待っているということが苦になり、私たちは半分お義理で見学に出かけたのだが、銀髪まじりのミセス・ディッキーが守衛から鍵束をあずかり、

「さあ、それでは表をしめてしまいます。子供たちの帰ったあとの方がゆっくり御案内出来て却ってよかった」

と、たそがれの館内で懇切丁寧、分り易く、説明書に書いてない逸話まで話してくれるのを聞いているうちに、もともと嫌いでないからだんだん面白くなって来た。

「これはLNWR（ロンドン・アンド・ノースウエスタン・レイルウエイ）の『コロンバイン』。一八四五年製造の機関車です」

「これが有名な4－6－2型式の『マラード』」

濃緑や紺色、赤塗り、大小新旧とりどりの蒸機が、退役後きれいに化粧し直して、二つのターンテーブルの上に所狭しと陳列されている。

「昔は機関士がそれぞれ自分の機関車を持っていました。罐室《かましつ》の上の方にネーム・プレートがついています。其処にオレンジ色の小さな機関車がありますでしょう。これの機関士は色盲だったんですよ。ある時、監督から機関車をダーク・グリーンに塗りなさいと命ぜ

られて、彼が塗り上げたのが此の色でした。美しいので其のまま使われました」

「スコットランドの公爵でデューク・オヴ・サザーランドという人がありました。サザーランド公は自分専用の贅沢な客車を造らせて、英国中の鉄路を、いつも自由に好きなところへ旅しておりました。どうしてそんな勝手な真似が出来たかというと、公爵はスコットランドに広大な土地を持っていて、もし彼がノーと言えば幹線の線路が敷けないところだったのを、自分の領地に鉄道が通ることを許してやったからです。其の見返りとして、公爵は自分の専用列車で何時《いつ》でも何処でも終生思うままに走る権利を与えられました。これがデューク・オヴ・サザーランドのコーチです」

「ディッキーさん。貴女はよほど汽車がお好きなんですね」

と、私は訊ねた。

「いいえ、わたしは別にレイル・ファンではありません。でも、此処へ勤めるようになって、自然に詳しくなりました」

「それでは、あすこで写真を写している私の連れと似ていますな。あの男も、元来汽車なんか興味が無かったんですが、長年私とつき合っているうちに段々好きなような気分になって、それで今度もはるばる英国まで一緒にやって来たのです」

当の幽霊は、話好きのディッキー夫人になるべく近寄られないように、口をしっかと結んで遠くの方で写真を撮りまくっている。

ところで実をいうと、私たちには、博物館のミイラ機関車よりもっと興味のあるものがあった。それは田舎の保存鉄道である。ヨーク近辺なら、『嵐ケ丘』のエミリー・ブロンテ姉妹が住んでいたハワースの町を通る、全長五マイルの「ワース・ヴァレー鉄道」というのがあって、今でも小型の蒸気機関車が煙を吐いて走っているはずである。これについてはしかし、ミセス・ディッキーから、

「あれは子供たちに大変人気があったんですけど、沿線の住民が煤煙と火の粉で迷惑するため現在運転中止になっています」

との説明があり、あきらめるほか無かった。御礼を申して鉄道博物館を出た。

ヨーク駅前の「ロイヤル・ステイション・ホテル」と、いかめしい名前のホテルに一泊すれば、疲れも癒《い》えて翌日は月曜日、いよいよ本線の急行が動き出す。

「さあ、きょうは汽車に乗れるぞ」

朝食のトーストをかじりながら私が言うと、

「さあ、汽車に乗ったら昼寝をするぞ」

と幽霊が言った。

「君は変な人だね」

「どうしてですか」

「第一に、口のはたにジャムがついてる。第二に、イギリスまでわざわざ汽車に乗りに来て、乗ったら寝るというのは不届きだ」

「それはだってあれですよ。きのう丸一日、車の助手席に坐らされて、地図を見ろとか信号を確認しろとか、A1右か左かまっすぐか、字が読めんのか——、ああ口やかましくがみがみ言われれば、たいてい疲労困憊《こんぱい》するからね」

気の毒だけれど、きょうも其の助手席にもう二時間ほど坐ってもらわなくてはならない。お目あては「フライング・スコッツマン」だが、此の急行はヨークに停車しない。エジンバラを出ると次がニューキャッスルで、次はロンドンまでノン・ストップである。したがって私たちは、きのう来た道を今からニューキャッスルさして一旦北へ引返す。

「近ごろ英国の汽車はのべつ遅れるらしい」

「はあ？」

「珍しく定時に到着した長距離列車があって、どうしたんだと聞いたらこれはきのうの分です——。英国人のジョークだけどね、そうかと言って遅延をあてにするわけには行かないから、充分余裕を見て出かけようや」

勘定をすませ、自動車に身の廻り一切積みこんでヨークの町を出離れると、やがて北イングランドの田園風景の中でA1がA1Mという高速道路になる。

「やれやれ、これで一と安心。A1Mに入った」

「入りました。ニューキャッスルまっすぐです」地図を案じていた幽霊が、急に威勢がよくなった。「はい、どんどんまっすぐ。ニューキャッスルまっすぐ」

「あのねえ」私は横眼で幽霊の顔を見る。「それは君、東名高速に入って、名古屋まっすぐ、どんどんまっすぐと言ってるのと同じでしょ。まっすぐに決ってるんだから、もう地図は見なくたっていいんだよ」

「そうかな。そうかも知れないな」

幽霊はロード・マップと老眼鏡をしまって、速度計をのぞきこんだ。

「其の数字はマイルですか」

「そうです」

「僕はその、女房も年ごろの娘も勤め先もあるんでしてねえ、マイルで九十というのはあれですかね、つまり、そんなに何しなくても間に合うんじゃないですか」

私も幽霊と二人でA1Mに草むす屍《かばね》となるのはいやだから、少し減速をする。それで悠々間にあった。ニューキャッスルの町で車を還し、きのうに変る秋晴れの駅周辺を散歩して、未だ時間が余った。改札を通り、九番フォームに鞄を並べて待っていても、汽車は来ない。十六分遅れますとアナウンスがある。

「たったの十六分と思わなくてはいけないんだろうけどな」

ようやく全座席指定の一、二等急行上りロンドン行「飛び行くスコットランド人」が、のろりのろりとあまり威勢の上らない様子で入って来た。機関車は一輛だけのディーゼルである。往年の「フライング・スコッツマン」は、同じ「フライング・スコッツマン」という名の大きな蒸気機関車に曳かれて、「Flying Scotsman」とピカピカの標識を飾って、大きな石炭カスを吐きちらして、実に堂々たる列車であったが、そういう古典的景観はもう見られない。「我こそは鉄道発祥の国イングランド名代《なだい》の急行列車であるぞ」といったところが全然無い。これが其の名高いスコットランド急行だということは、乗降口の扉に貼りつけた紙きれに客車番号と列車名が小さく書いてある、それで分るだけである。これでも残っているだけましなので、古い物を何でも大事にする英国が、三年前に、曽《かつ》ては贅沢国際列車の見本のようだった英仏連絡の「ゴールデン・アロウ」号も廃止してしまった。

一分停車で「フライング・スコッツマン」はニューキャッスルを発車する。すぐタイン川の鉄橋を渡る。速度がだんだん急行らしくなって来た。威勢の上らぬ列車だと思ったが、線路わきのマイル・ポストと腕時計の秒針を睨み合せてみると、大方百六十キロ出ている。三十二分後にダーリントンを通過する。きのう見た赤煉瓦の時計台がちらりと姿を見せてうしろへ消える。

「あれは一体どうなんでしょうかねえ」

と幽霊が言い出した。

「何が？」

「腹がへりましたよ。何はほら、あれはついてないんですか」

「食堂車ですか。ついてますよ。それじゃあ、昼飯を食いかたがた列車の検分をして歩こうか」

一等車がG、H、Jと二輛半、J号車は半輛荷物室である。食堂とビュッフェで二輛、AからFまで六輛が二等車。二等に足を踏み入れると、むっと饐《す》えたような匂いがした。ヒッピーが乗っていて、黒人やインド人が乗っていて、日本娘も三人乗っていて満員である。そして臭い。昔はこんなことはなかった。英国の列車は清潔で豪華で、一等と二等の区別がはっきりしないくらいです、あなたが大金持ちならともかく、英国で鉄道の一等に乗る必要はありませんと言われたものであった。

食堂車では、くたびれた白服姿の禿げのボーイが食器の後片づけをして廻っている。片づいた席から客が立てば坐らせてくれるのかと思ったら、

「昼食はもう売切れだよ」と、にべもなく言われた。「ビュッフェでサンドイッチを売ってるよ」

粗末なサンドイッチの包みとビールを一本ずつ買って、わびしい気持で一等のG号車へ帰って来る。一等もコンパートメント式のH号車、J号車は、古くて薄ぎたない。私どものG号コーチだけが、赤いふっかりしたクッション、新しいベージュ色のカーテン、辛うじて大陸ヨーロッパのTEEに匹敵するようであった。

二人掛けのシートにテーブルをはさんで幽霊と相対し、ぼそぼそサンドイッチを食っていると、斜めうしろの座席で軽やかな話し声がする。人品卑しからぬ中年の英国女性が、アメリカ人の旅行者にしきりと窓外の何かを説明しているのだが、其の英語が――、よく分らないけれどどうも並の英語と少しちがうような気がした。

「君、イギリスでレディという言葉を知ってるかい？」

「レーディですか。レーディはレーディでしょう」

「大きな声を出しなさんな。それはそうだけど、レディ・ハミルトンという時のレディですよ。あの人、サザーランド公爵の孫娘か何かじゃないだろうかね」

「へえ、そんな貴族が乗ってますか。どの人です。ははあ、美人ですね。彼女がどうかしましたか」

「どうもしない。大体どうだか知らないよ。ただ、もしかして君の御親戚じゃないかと思ったから」

「はあ？」

「『幽霊西へ行く』という映画があったでしょう」

「映画？」

解しかねる様子だが、こちらも自分の思いつきをそれ以上説明するのは面倒くさい。そのうち幽霊は、ビールのほろ酔いで口をあけて眠ってしまった。

十三時十分ヨーク通過。大きな操車場があらわれ、ロンドンのウエストミンスター・アベイとよく似たヨーク・ミンスターが見え、国立鉄道博物館が見え、忽ち町を過ぎてまたイングランドの田園風景になる。牛、馬、羊、畑の中に高い送電櫓《やぐら》。日本と同じ小さな島国なのに、山がちっとも無い。列車は時速百六十キロで、緑の平野を「ファーコォ、ファーコォ」というような音を立てて走りに走っている。

退屈するほどの暇は無かった。ニューキャッスルから四百三十三キロ、午後三時過ぎには大ロンドンの郊外が近づいた。それまで無かったトンネルに入る。出てはまた入る。山をくり抜いたトンネルではなく、道路の下、崖《がけ》の下、建物の下をくぐり抜けているらしかった。隧道の赤煉瓦は蒸機時代のままに煤煙で黒ずんでいるが、大都市近郊の電化区間になった証拠に、線路の上の架線が見える。居眠りからさめた幽霊が、

「あれッ、いつの間に電気で走り出したのかな」

と感心したが、そういう馬鹿なことは無い。ノン・ストップのディーゼル急行が、途中でにょっきり機関車にパンタグラフの角を生やしたりはしない。近距離通勤電車用のものか「近代化」工事中のものか、以前の東北本線でいうなら大宮浦和を過ぎたところであろう。

やがて、

「あと約五分で、ロンドン、キングス・クロス駅に到着いたします。到着は定刻の予定です」

と、ニューキャッスル発車後初めての車内アナウンスが聞えて来た。十六分の遅れを取戻したらしい。レディ何とかさんもアメリカ人の観光客も、下り支度を始めた。教会の尖塔、尖塔の上の風見鶏《かざみどり》、煉瓦造りの煤《すす》けた町並み、石炭の煙は吐いていないけれども「メリー・ポピンズ」の歌にある通りの家々の煙突、これぞロンドン。列車のスピードが落ちる。北では快晴だった空がまた曇って、キングス・クロスの古い停車場の表は陰雨が降っていた。

一度ホテルに旅装を解いてから、幽霊と私は其の晩、英国駐在旧知の某々大番頭たちにロースト・ビーフの美味《おい》しい店を御馳走になった。

「汽車はどうでした？」

一人の大番頭が言った。

「食堂車で昼飯を食わせてもらえませんでしたよ」私は答えた。「それでホテルへ入って、備えつけのイタリア製の電気冷蔵庫があるからビールを一杯ひっかけようとしたら、冷蔵庫の鍵が無いんです。コップも洗面場のコップしか無い。電話で頼むとすぐ持って行くと言うんだけど、すぐなんか来やしない。やっと来たと思うと、今度は栓抜きが無い。栓抜きを配るのは別の係りだとボーイが言う。昔海軍の全権団が泊ったあのホテルでですよ。

ビールを飲みたいナと思った時からビールをコップにつぐまでにたっぷり一時間半かかって、大英帝国は衰えたりやと、今さらながら少し考えこみましたね。きのうヨークの鉄道博物館では、さすがは英国と感心したんだけど」

「さて、衰えたのか昔のままなのか、それが此の国のはっきりしない奇妙なとこなんでね」

と、イギリスびいきのもう一人の大番頭が話した。

「うちの初代がロンドンへ赴任して来たのが、一八八〇年というから明治十三年、僕で二十代目になるんだが、初代のころからのワイシャツ屋があって、当方の古番頭たちは今でも此処でシャツを作ります。吉田茂も此の店のお得意だったそうです。五十年前の型紙がちゃんと揃っていて、手紙一本出せば世界中何処へでも送り届けてくれます。吉田さんのワイシャツの型紙なんかも、未だに残してるんじゃないかな。ただしですよ、店へ足を運んで、『急いでるんだが何日で仕上るか』と聞くと、『お言葉でございますが、何週間で仕上るかとお聞きいただきたい』と言いますけどね。――おやおや、此の人は寝ちゃったよ。ずいぶんお疲れになったんだろうな」

上等の赤葡萄酒に酔って、ロースト・ビーフを食べ残して、幽霊は恨めしそうな表情で眠っていた。

地中海飛び石特急

ITALY
SPAIN
ROMA
MADRID
PALERMO
GREECE
TUNIS
REGGIO
ATHENAE
MALAGA
ALGECIRAS
MESSINA
TANGIER
SOUSSE
PIRAIEVS
CASABLANCA
TUNISIA
MOROCCO
ALGERIA
LIBYA

アルムデーナの聖女

「近々また何処《どこ》か、汽車に乗りに行く予定がおありですか」

と、まんぼうが睡たげな声で聞いた。本気で訊《たず》ねている調子ではない。まんぼうは鬱がひどくて、対座していてもお互い話が途切れ勝ちになる。こちらに汽車のことでもしゃべらせて、自分はうとうとしながら間《ま》を持たせようというつもりだろうと思ったが、

「あります」私は答えた。「去年一緒にマダガスカルへ行った時の村長ね、あの村長が先般スペインへ所領替えになった。それでまずマドリッドに旧知の村長を訪ねて、マドリッドから汽車で南へ、マラガまで下ればジブラルタルが近い」

「なるほど」

「ジブラルタル海峡をモロッコへ渡って、カサブランカ行の急行に乗ります」

まんぼうは「はあ」、気の無い返事をしただけだが、傍《かたわら》からまんぼう夫人が、

「まあ、素敵。いつお発ちですの?」

と、羨《うらや》ましげに口をはさんだ。素敵に聞えたのは多分、「モロッコ」とか「カサブラン

カ」とか、往年の名画の場面がまんぼう夫人の頭に浮んだためであろう。

「それからチュニスへ飛んで、チュニジヤの——、何だか村長の安売りをするようですがね、チュニジヤのチュニスに、もう一人別の村長がいる。やはり昔の同期生で三十四年来の友人です」

「チュニジヤというような国に、汽車が走ってますか」

「走ってます。チュニジヤの次がギリシャ、ギリシャの次は、そうねえ、シシリー島かな。とにかく地中海周辺を、飛び石づたいで汽車に乗って歩いてみようと思ってるんだけど」

「ねえ、あなた」と、まんぼう夫人が身を乗り出した。「それ、とても面白そう。私たちも御一緒しません？」

まんぼうは世にもいやな顔をして見せた。

「だってあなた、海外旅行に出ると鬱がいくらかよくなるんでしょ。だからお母さまが出ろ出ろってしきりにお奨めになるのよ。——でも、私たちまであれしちゃ、村長さんたちに御迷惑かしら」

「別に迷惑ではありますまい。よかったら行きましょうや」

そう言って其《そ》の晩は別れたものの、どうせ来やしないだろうと思っていたち、雌まんぼうに口説かれたのか母まんぼうにそそのかされたのか、三、四日後、

「行くことに決めたです。ついに女房も行くです。スケジュールについてはすべてお委《まか》せ

します」

と、意外な電話がかかって来た。

それで私は、マドリッドの村長に手紙を書いた。昨年に引きつづき御厄介になりに行くことになった、まんぼう夫妻が同行する、御都合よろしきや。

一週間ほどして、私の不在中に国際電報が届いた。家人が見て、何かの間違いらしく意味が分らないと、帰宅後差し出したのを読むと、

「R SONCHO SPAIN」

三語だけである。

「変だな」

「変でしょ。Rのあと、本文が脱落したらしいのよ。国際電電へ問合せたら、『ああいうのんびりした国では、間々こういうことがあるんです。早速マドリッドの局へ照会して上げます』って、今調べてもらってるとこなんだけど」

「ふうん」

もう一度電文を見直して、「なアんだ」と私は納得した。

「脱落じゃないよ、これは」

今から三十三年前、私たちは——、マドリッドの村長もチュニスの村長も、久里浜の海軍通信学校で連日連夜の速成訓練を受けていた。敵信分析が任務だから、英文モールス符

号は元よりのこと、米海軍通信系に出現する各種コールサイン、略語のたぐいを全部叩きこまれる。Rすなわち「ト・ツー・ト」は、要するにroger「諒解《りょうかい》」の意味の略符号であった。

それより三週間後の某月某日夕刻、私はロンドン経由でマドリッド空港に着いた。パリ廻りのまんぼう夫婦が、約束通り三十分早く到着してちゃんと空港のロビーにいた。行動緩慢不正確なまんぼうにしては大出来だったが、其のあとがよくない。市内へ入ってホテルにチェック・インの段になると、

「僕は書けない。喜美子、どうしてもうまく書けない。Mr. & Mrs.のアンドという字が書けない」

といった按配《あんばい》で諸事手間がかかるから、そうでなくてもスローモーションの国で物事がますますスローになり、一と風呂浴びて村長宅へたどりついた時には、夜も大分遅かった。いらいら村長は、いらいらしながら待っていた。

「オウ」

「オウ、遅いゾ」

と、それでもまんぼうたちに対しては、よくいらっしゃいましたと当り前の挨拶をした。村長のちび娘二人はもう寝る時刻なのだが、特にお許しが出て、これも、きれいな洋服

を着て待っていた。昨年マダガスカルの阿房列事に、私が「村長の歯抜け娘ども」と書いたので憤慨している。今や歯抜けでないところを見せるために、起きて待っていた。

「そうか。よしよし、分った。それでどうだい、今度も小父ちゃんと一緒に汽車に乗るか」

「もちろん其のつもりですよ。小父ちゃまたちがいらっしゃれば汽車に乗れるもんだと思ってますもの」

村長夫人が言ったけれど、

「俺はもう、汽車はごめんだよ。マダガスカルの時みたいに太平無事じゃないんだ」

と、村長は、此《こ》の間も赤軍派が一人スペインに入国、其の後の消息不明と情報が入り、つづいて村長事務所に爆弾を仕掛けたとの怪電話があったという話をした。

「うちの交換手はスペイン人の女の子だけどね、そうなると顔を真ッ赤にしてぶるぶる震えているだけで、何も出来ない、口もきけない。どうしたどうしたと、やっと訳を聞き出して」、村長は、よし俺も元海軍士官だ、艦長のつもりになろうと決心したそうである。戸棚やロッカーをしめろ。重要書類だけ持って総員外へ退避せよ、急げ。私のことはよろしい、私は最後に出る。討死の覚悟で、すべての処置が済むのを見届け、外へ遁《のが》れ出てからふと気がついた。村長事務所は一戸建ちの家屋ではない。ビルディングの各階に各国各種のオフィスが入っている。他の階の人々に通報するのをきれいに忘れていた。

「あれでほんとに爆発したら、俺は日本人部落の村長として面目丸つぶれだったよ」

だから貴様のおつき合いで汽車なんか乗っちゃいられない、フラメンコやプラドの美術館を見たいだろうし、トレドへ行くなら其の手配だけはして上げるからと言うのに、

「いやいや」と、まんぼうがあわてて手を振った。「村長、どうかフラメンコはキャンセルなさって下さい。僕は疲れ易い性《たち》で、美術館も、ほんとは画集でも見ながらホテルの部屋でウイスキーを飲んでた方がありがたいです」

何しにスペインへ来たのかとスペイン側ではみんな感心したようだが、ともかく打ち揃《そろ》って町へ繰り出すことになった。

マドリッドの夜の賑《にぎ》わいは、十時ごろから始まる。美しく灯をともしたマイヨール広場の近くに、盗賊酒場と称する洞穴のような居酒屋がたくさんあって、老いも若きも白いも黒いも、豚の乾肉や鰯《いわし》の揚げたのを肴《さかな》に地酒の葡萄酒を飲みながら、わいわいがやがや騒々しいことおびただしい。

「此の調子ですからね。此の国で暮していると、こちらも段々声が大きくなって来ます」

「人民三千万、総躁《そう》の国ですな」

とまんぼうが言った。

「鬱の病には気に入らんですか」

「いや、結構面白いです」

こうして二日二た晩、飲んだり食ったり、結局トレドへも行ったし美術館も見たし、遊び暮して三日目の午後、一行、マドリッド・アトチャ駅発の「タルゴ」に乗りこんだ。

まんぼう夫人は村長夫人にすすめられ、抜けがけで革のブーツを買いこんで来て御機嫌がよろしかったが、まんぼうは其の分だけ仏頂面をしている。

「気分が悪そうだね」

「僕は乗りものの中で眠れないでしょ。それで疲れるんですよ。それに、女房がやたら買物をしたがるし。でも此の汽車は、マダガスカルの汽車よりいいみたいだ」

「冗談言っちゃいけない。当り前だよ。これは君、ヨーロッパでも指折りの名高い特急なんだぜ」

実は私にとって、スペインの「タルゴ」は三度目である。十三年前、初めて乗った時は、マドリッドからフランス領のとば口まで週四回しか運行していなかった。七年前、二度目は、デイリーになっていたけれども、運転区間はやはりマドリッドとフランス国境口の間だけであった。それが現在では、バルセロナ行「タルゴ」、マラガ行「タルゴ」、カディズ行「タルゴ」と連日色んな「タルゴ」が走っている。屈曲の多い悪い路線の上で高速が出せるように、芋虫列車に設計してあるのが「タルゴ」の特色である。短い客車が次々幌《ほろ》でつないであり、連結部の幌の下に車輪があって、芋虫のかたちで蛇のような走り方をする。したがって、十六輛編成だけれども、十六輛なのか八輛なのか、全部で一本なのかよく分らない。大型ディーゼル機関車の正面に、「VIRGEN de la ALMUDENA」と名前が書きこんであった。Almudena は何処だか何だか知らないが、virgen は virgin で「アルムデーナの聖女」という意味だろう。十三年前に乗った「タルゴ」は、「VIRGEN de BEGOÑA」と言った。

定刻十五時ちょうど、「アルムデーナの聖女」は船のような汽笛を鳴らしてマドリッドを発車した。十三分後に、スペインの中心「おへその岡」という所を通る。まんぼうが、おへその岡に入り残る西日を旅路の友として居眠りを始めた。「タルゴ」には食堂車がついていない。食事は座席へ運ばれて来る。一行のうちで雌まんぼうだけが、スナック風の遅い昼飯を註文《ちゅうもん》した。居眠り亭主の横に坐って、二度目の昼食を召し上る。「おかしなおかしなおかしな夫婦」(?)という映画の題名を、私は思い出した。私の見るところ、三食々々というより一日四回ぐらい、実によく食べるのが、

「わたくし、これ以上肥ったら離婚するとおどかされてますので、お食事あんまりたくさん頂けませんの」

と称しているまんぼう夫人であり、バスに乗っても汽車に乗ってもすぐ寝るのが、「乗りものの中では眠れない」はずのまんぼうである。

一等車の中は、乗車率五割くらいで空いているし、クーラーがよく効いて、床の絨緞《じゅうたん》も清潔で気持がいい。窓外に葡萄畑、オリーブの林、糸杉、ぼさの生えた白い丘のつらな

り。汽車に乗れて嬉しそうなちび娘たちと一緒に、私は景色を眺めている。十六時三十分アルカザル。列車はドン・キホーテの故郷ラマンチャ地方にさしかかる。丘の上、騎士にゆかりの風車小屋が見えるけれど、野にも山にも人影は絶えて無い。

十八時十四分、リナレス・バエザ着、四分間停車。此の駅で、銀色に赤い帯のマラガ発上りマドリッド行「タルゴ」とすれちがった。

車内のスピーカーから、妙《たえ》なる楽の音が流れ出しているのに私は気がついた。

「おや、『オクラホマ』なんかやってる。急にどうしたのかな」

「それはね」村長夫人が説明してくれた。「今まで三時間ばかり、スペイン人の昼寝の時間だからやらなかったんですよ。ごらんなさい。郷に入っては郷に従えで、まんぼう先生はスペインの風習をちゃんと守っていらっしゃいます」

聞えたらしくて、まんぼうがうっすら眼をあけた。

赤い夕陽のスペインに、コルドバで日が暮れて、間もなく予約しておいた晩飯の時間になった。ボーイが銘々の席へ、飛行機の機内食のような盆を運んで来た。曽《かつ》てフランス行の「タルゴ」で食べた食事はずいぶん豪華で美味《おい》しかったが、マラガ行特急は二流扱いなのか、質量ともにあんまり上等でない。まんぼう夫人が物足りなそうに、

「これでもう、きょうのお夕食は無しでしょうか」マラガへ着いて五食目は食わないつもりかと質問した。

列車は闇のアンダルシア平原を、地中海さして走りに走っている。ちびどもは御飯がすんで絵本など見ているが、少し御退屈らしい。マダガスカルの時は二人を機関車に乗せてやったが、今回どうも機関車へはもぐりこめそうもない。

「小父ちゃんは、君たちが生れる前、『タルゴ』の機関車に乗って、運転士と一緒にバナナを食べたり運転士のおならをかがされたりしたことがあるんだけど、スペイン国鉄本社の許可が要《い》るからね」

折角長い汽車旅のおつき合いをしてくれている小娘たちに、何か面白いものを見せてやりたくて、

「此のすぐうしろが荷物車だが、行ってみようか」

と言ったら、喜んでついて来た。

最後尾の手荷物車には、車掌とあと二人乗務員が乗っていた。私どもを見て、ハポネサが何とかかとスペイン語でわあわあ言うから、入っちゃいかんと叱られたのかと思ったら、歓迎の御挨拶であった。金網仕切りのわきに、面白いかたちをした壺が置いてある。英語も日本語も通じないけれど、

「これ、葡萄酒だろう。乗務中飲むんだろう」

身ぶり入りで訊ねると、「ちがう、ちがう」アグアだと言う。アグアは英語のアクアリウム、アクアラングのアクアで水のことらしく、葡萄酒はこっちと、水筒型の皮袋を示し

た。さかさに、口元から少し離して袋をおさえると、チュッと酒が飛び出す。飲んでみろとすすめられ、真似して私がチュッとやるのを見てちびどもが面白がった。

薄く光る線路が、相変らずの暗闇の中をうしろへうしろへ遠ざかって行く。シグナルの赤い灯が見えて、たちまち小さくなる。時計を見るともうマラガが近い。

「あと、オイチョ・キロメートルでマラガ」

スペイン語は皆目分らないのだが、これだけ分った。「オイチョカブ」のオイチョで八であろう。果して其のあと五分もしないうちに列車のスピードが落ちて来、「アルムデーナの聖女」は少し遅れていたのを取り戻したらしく、二十二時十四分定時、マラガ駅のプラットフォームへ辷《すべ》りこんだ。

カサブランカ断食急行

マラガまで来ると、スペインの風物がよほどアラブ風になる。ホテルの部屋のモロッコ革を張った木椅子、真鍮《しんちゅう》の金具のついた衣裳簞笥《いしょうだんす》、窓を開くと道向うの家の古びたアーチもサラセン模様。此処《ここ》に一泊して、私たちはマドリッドへ帰る村長一家と別れ、借り車でヨーロッパの最南端タリファ岬《みさき》へ向け出発した。

周知の通り、母まんぼう斎藤輝子夫人は、八十歳の高齢にもかかわらず、世界中の僻地《へきち》僻村、南極にまで足跡をしるして廻っている変なばば様である。末っ子のまんぼうは「そろそろおかくれになってはどうですか」と言うらしいが、世界旅行に忙しくて当分おかくれになりそうも無い。「おふくろの行ってない所へ行ってみたい」というのがまんぼうの希望であり、私は私で、十数年前イタリア船「レオナルド・ダ・ヴィンチ」でジブラルタル海峡を抜けた時、「あすこがヨーロッパの最南端プンタ・デ・タリファです。本船は此処でヨーロッパ大陸に別れて一路ニューヨークへ向います」と船員に教えられた其の岬を陸路再訪してみたかった。

マラガからタリファ岬までの百七十キロは、コスタ・デル・ソール――太陽海岸といって、左手に紺碧《こんぺき》の地中海を見ながら走る快適な国道だが、一つ快適でないことがあった。例によってとろりとろりしているまんぼうが、寝るなら寝ていればいいのに、時々疑わしげに私の運転ぶりをのぞきこみ、速度計の針をチェックする。それは未《ま》だしも、眼をつぶったと思うと、今度は「無礼な」とか「助けてくれ」とか、妙なことを呟《つぶや》く。

「ごめんなさい」と、まんぼう夫人が亭主に代って謝った。「前の旅行でもう馴れていらっしゃるかも知れませんけど、これは主人の独り言ですの。百貨店のエレベーターの中でも、不意に『愛してる』なんてやりますから、わたくし羞《は》ずかしくてほんとに困ってしまうんです」

「どんな妄想《もうそう》をしている時、そういう言葉が口に出るんですか」

「いや。別に何も妄想なんかしてません。単なる独り言です。癖ですから気にせんで下さい」

気にしないつもりだが、こちらはハンドルを握ってある程度神経をとがらせているのに、「早くせんか、無礼者」などと言われると、やはりぎくッとなる。それでも無事、百七十キロ分運転手を勤めてプンタ・デ・タリファに着いたら、岬の突端はスペイン軍の要塞《ようさい》地帯になっていて入れてもらえなかった。

来た道を二十キロばかり引返すと、ジブラルタル湾をはさんで英領ジブラルタルの西側にアルヘシラスの港がある。其処《そこ》からモロッコ渡しの連絡船が出る。車を返し、出国手続きをすませてフェリーに乗船すれば、船名も「イブン・バトゥータ」二千八百噸《トン》、船尾に赤地緑星のモロッコ国旗が上っていて、肥ったモロッコ人の男がほじくった鼻糞《はなくそ》をしきりに手摺《てす》りにこすりつけていて、もうイスラムの世界であった。

十八時五分、「イブン・バトゥータ」号は緑の潮を掻《か》き立てながらアルヘシラスを出港した。東京湾の出入港航路と似たたたずまいで、左舷に雲をかぶったジブラルタルの山とヨーロッパ岬、それが次第に遠ざかると右舷にさきほどのタリファ岬が近づいて来る。海から見るタリファの町は、段々状にかさなった白い家々が夕陽に輝いていた。最南端中の最南端の崖《がけ》の上に灯台があって、如何《いか》にも此処でヨーロッパが終るという感じがした。

「カサブランカとは白い家の意味だそうだから、モロッコの家並みもあんな風に白っぽいんだろうけどね」

煙霞《えんか》の中に、早くも峨々《がが》としたモロッコ領の山々が見えている。デッキのまんぼうが、

「僕は突如として思い出したです」と言った。

「何を？」

「まんぼう航海記の航海で、一九五八年に此処を通ったです。クリスマスのころでした。モロッコというのは平べったい暑い国かと思っていたら、高い山に雪が積っているのでびっくりしたのを思い出しました。象かライオンがいないかと船の望遠鏡をのぞいたら、飛行機の着陸するのが見えたです」

三時間ほどの航海で、「イブン・バトゥータ」号はモロッコのタンジールに入港した。やはり大層白っぽい町であった。カサブランカ行の急行は此のタンジールの駅から発車する。ホテルの表にたたずんで見ていると、ヴェールをかずいた眼の鋭い美人が通る。杖《つえ》を突いたボロ布のかたまりみたいな乞食が通る。白いターバンにカフタンという長衣をまとった男が通る。向いの古道具屋をのぞくと、同じくカフタン姿の主人が古写本のような部厚いコーランを一心に読んでいる。面白いけれども、私は汽車に乗るのが目的だから、買物をする気も見物をする気も無い。まんぼうはむろん、そんな気皆無である。鉄道にも興味が無いし、全く何のために旅行しているのかよく分らない。

「だけど」と、翌朝になって地図を見ながら私は言った。「十五時十分の発車まで、ずい

ぶん時間があるぜ。スパルテル岬というとこへ行って見ようか」

「何ですか、それは?」

「スペイン領のタリファ岬と相対するアフリカの最西北端ですよ」

「はあ、それなら行ってみましょう」と賛成したのは、やはり母まんぼうと張り合うつもりがあるらしかった。

買物食い物、何でも興味津々《しんしん》なのはまんぼう夫人で、私たちがスパルテル岬の灯台わきに立ち、

「海がきれいだねえ」

「おふくろも此処までは来てないでしょうなあ」

茫々たる大西洋を眺めている時、「あなた、これ可愛いわよ」と、屋台店の少年が売りつけようとする革製のおもちゃの駱駝《らくだ》を手に取る。帰途カスバに寄ると娘への土産だと言って革のバッグを買う。

「また買われちゃった」

とまんぼうがいやアな顔をするけれども、

「もう買いません。絶対もう何《なん》にも買わないわよ。でもねえ、あなた」

と、また何やらお買いになる。

もっとも町の食い物屋の方は、ほとんど店を閉じていた。うっかりしていたが、回教圏

の国々は、今ラマダン――断食月であった。人々は昼間、原則として一切の飲食物を口にしない。

それで、郷に入りては郷に従うまんぼうが、そのころからラマダンに入った。つまり、きのうコスタ・デル・ソールのレストランで昼に食った浅蜊《あさり》とオリーブとトマトのスープがあたったらしく、下痢《げり》が始まったのである。カサブランカ急行がタンジールの駅を出た時には、気の毒なくらいぐったりしてしまった。ラマダンでも、列車は食堂車を連結しているのだが、とても食堂へ行くどころの沙汰でない。

「どうですか、大丈夫かね？」

「いや、とにかく眠いです。まんぼう死にかかるとノートに書いといて下さい」

独り言の「助けてくれ」にもいささか真実味が出て来たが、雌まんぼうがいるのに私がつき添っていても仕方がないから、独りで各車輌を検分して歩く。ディーゼル機関車のうしろが荷物車で、コンパートメント式の二等車が五輌、二等と食堂と半々のが一輌、最後に一等車、計八輌編成の急行であった。私たちの乗っている一等コンパートメントは、フランス製の美しい客車だが、二等もそんなに悪くない。ただしスピードはのろい。タンジールを去る47キロ地点で計ってみたら、時速七十五キロしか出ていなかった。

「さすがにもう、日本人の観光客はいないね。二等車に一人だけ日本人みたいな若い女を見かけたけど、日本人かどうか分らない」

　と、私は自分の車室へ戻って来た。

　海上から見た高山は何処へ行ったのか、沿線の眺めは黄色っぽい大草原である。糸杉、さぼてんの赤い実、葦《あし》の茂った湿地帯、ユーカリの木。少年が驢馬《ろば》にまたがって意外な早さで駈けている。鞭《むち》を持った牧童が、ねぐらへ帰る牛や羊をとぼとぼ追うて行く。糸杉の並木がスクリーンになって、草原の彼方《かなた》海の方角へ赤々と沈む大日輪が日蝕《にっしょく》のように見える。

「あのう、日本の方たちですか？」

　と、コンパートメントの扉をあけて、さっき私が二等車で見かけた女性が入って来た。フランス人と結婚してパリに住んでるんですけど、主人や主人のお友だちと一緒に、休暇でモロッコを旅行中なんですと自己紹介した。

「何か日本語の本をお持ちだったら貸していただけないかと思って……。どちらまでいらっしゃいますの」

「一応カサブランカへ」

「御仕事の御旅行ですか」

「ええ、まあ仕事というか、仕事でもないけど」

「カサブランカのあとは？」

　これ以上色々質問されては面倒だと思ったらしく、まんぼうが、

「あのね、実は僕、精神病の患者なんです」と言った。

「はあ？」

「でも、暴れたりなんかしません。おとなしい患者ですから安心して下さい。医者に、アフリカへ行けば病気が治ると言われて、それでアフリカを旅行してるんです。此の人がドクターで」と私を指し、「こっちは看護婦です」

「まあ。アフリカ旅行をすると、どうして精神病が治るんでしょう」

私の方を向いて半信半疑の面持で訊ねられても、返事のしようがない。貸してやった本を持って彼女が立ち去ってから、

「君はいい加減な人だねえ」私は苦情を言った。「侍医と看護婦を連れてアフリカ漫遊がしてられりゃ、億万長者の気ちがいじゃないか」

「みなさん、おなかがお空きになりません？」

まんぼう夫人が聞いた。聞かれるまでもなく、腹がへっている。しかし、半輛の食堂車で販売中のボックス・ランチはきたならしくて食う気がしない。ラマダンまんぼうにつき合って、みんな断食であった。

列車はモロッコの闇の中を走っていた。此の国の首都ラバトを通過する時、きれいな街路灯の行列と、イルミネーションを施した大きな建物が見えたが、すぐまた深々《しんしん》とした闇の曠野《こうや》に突入する。まんぼうが、

せんか？」

「はあッ」と溜《た》め息をついた。「カサブランカ着は何時でしょうか。そんなに遅延してま

「ラバトを十分遅れで発車してます。あと四十分ほどです」

世話の焼ける瀕死《ひんし》のまんぼうをかかえて、二十一時五十四分、やっとの思いでカサブランカ港駅に到着した。フランス妻の日本女性がプラットフォームのはずれで本を返そうと待っていたから、立ちどまって振り返ると、闇の草原を四百キロ走った六軸のディーゼル機関車は、フロント・グラス一面、羽虫と蛾《が》の死骸だらけであった。

カルタゴの気動車

モロッコでほんとうに面白い町は、フェスとマラケシュだそうである。其処へ行かずに、面白くもない商港カサブランカに二泊と決めたのは、まんぼう夫人はじめ、映画「カサブランカ」の舞台がどんなところか、多少の興味があったからである。ナチスの手を遁《のが》れてアメリカへ亡命しようとするイングリッド・バーグマンが、昔の恋人ハンフリー・ボガートと出逢うあのバアだかカジノだかは実在しているのか、それとももう一つ、これは私だけの興味だが、一九四三年の一月、ルーズベルトとチャーチルとド・ゴールが第二次世界大戦の終結方策を相談したカサブランカ会談の場所は今どうなっているか――。私たちは、

ガイドつきの自動車を雇って市内見物に出かけた。名所らしきところへさしかかると、

「此処がリヨーティ広場。下りて写真を撮るか？」

「此処は有名なモスラムの教会。下りて見るか？」

ガイド兼運転手のハリフェ爺さんが車を停めて振り向くが、まんぼうは其の度無言で首を横に振る。

「それよりね」私は英語で言った。「あんた、映画の『カサブランカ』を知ってるだろう」

「映画。オオ、自分、日本映画大好き。いつも見に行く」

「日本の映画じゃない。イングリッド・バーグマンの出る……」

「やはりカラテの映画か？」

「空手とちがうんだ。いいか、よく聞け。アメリカ映画で題名を『カサブランカ』といって、第二次大戦中仏領モロッコがナチスの占領下にあった頃、此の町のカジノか何かでイングリッド・バーグマンが……」

英語の能力を振りしぼって説明したが、ハリフェは不思議そうに、そんな映画は聞いたことも見たことも無いと答えた。

それでもカサブランカ会議のことは知っていた。アンファの丘という、ハイビスカスの咲き茂る閑静な住宅街へと、車は登って行った。家の外の芝生にひざまずいて、メッカの方へ向い恭《うやうや》しく礼拝を繰返している裕福そうな老人がいる。

「ハリフェ。あんたも回教徒だろ。やっぱりああいう風に日に五回の礼拝をするの?」

きのうタンジールから六時間五十分の急行列車の中で、一人もお祈りをしている人を見かけなかった、旅行中とかガイドとして働いている時とかはどうするのかと、私は尋ねた。

「自分のような場合は、仕事を済ませてから祈る。旅に出る時は、アラーの神にわけを話して一日二回にまけてもらうこともある」

色々差し繰りの方便があるらしいのだが、断食については、炎天下私たちを案内して廻っている間、運転手は飲まず食わずの掟《おきて》を厳格に守っていた。

「ラマダン中の朝飯は、日没後、蜂蜜《はちみつ》のクッキーと野菜のスープ。十一時ごろ夕食を食べて寝て、人によっては夜半三時四時に、もう一度何か食って又寝る。日の出と共に断食に入る」

話を聞いているうちに、チャーチル・ルーズベルトの会談趾《あと》へ着いたが、当時のホテルが数年前に取りこわされて、其処は蛇の出そうなただの空地であった。

お目あては全部あてがはずれてしまい、せめてカサブランカらしい海辺のレストランで夜の食事でもしようと相談がまとまった。ただ、まんぼうの腹下しがおさまったのと入れ代りにまんぼう夫人が同じことを始めて、少し熱がある。彼女をホテルに残し、まんぼうと私と幽霊と——、此処で突然幽霊が出るのは話として変だけれども、実をいうとロンドン以来ずっと、カメラを提げた幽霊が私に同行していた。普段は幽霊の幽霊たる所以《ゆえん》で、

いるかいないかはっきりしないのだが、時折出現して俄《にわ》かに個性を発揮する。灯台のそばの魚介料理店に入るなり、幽霊は、

「ああ、モロッコ・チー。ええ、ノー・シガー・チー」

と、大声で註文した。

日本の幽霊で、南蛮夷狄《いてき》の言語食物を嫌うのだけれど、薄荷《はっか》の葉っぱに湯をそそいだ香りの高いミント・ティがたいへん気に入っている。ただし、モロッコ風の砂糖入りでなしに飲みたい。

「シガレット？」

と給仕が聞き返した。

「ああ、ノーノー。モロッコ・チィ。ノー・シガー」

「シガー？」

「イエース、イエース、ノー・シガー」

ボーイは首をかしげて引っこんだ。

「幽霊さん、あんな頼み方して、葉巻を持って来やしないか」

「そんなことは無いです。ちゃんと砂糖の入らないモロッコ茶を持って来ますよ」

幽霊は自信満々だったが、「どれがよろしいですか」と出されたのは、やっぱり手押車に一杯のシガーと各種各商標の巻煙草であった。

次の朝、私たちはチュニス航空のボーイング727でカサブランカを発った。赤土の上の白い大都会カサブランカが下界に遠ざかり、アルジェ経由でチュニスまで約三時間、空港にチュニジヤの村長と助役と村長の娘が出迎えていてくれた。

「二、三カ月前のことでしたが」と、初対面の挨拶をすませるなり助役が言った。「今度みなさんお泊りの此処のヒルトン・ホテルで、まんぼう先生のお母さまにお眼にかかりましたよ」

「はあ？」まんぼうが妙な顔をした。「おふくろはこんな所にまで立ちあらわれたんですか」

「ええ。ヒルトンの食堂で偶然日本人の一行をお見かけして御挨拶しましたところ、中の一人が先生のお母上でして」

「いやだなあ」

「いやだなあって、君、お母さんが何処を旅しておられるか知らないのかね？」

「そんなこと、一々知らんですよ僕は。いくら何でもこんな所まで来ているとは想像しないでしょう」

こんな所こんな所と言うのは、村長たちに対し少々失礼だと思うが、大体我々四人のうち、誰一人チュニジヤについての正確な予備知識は持ち合せていなかった。

「見るものがたくさんある。無花果《いちじく》が美味《うま》い。簡単にいえば此処はいにしえのカルタゴだ」村長が説明した。「古代ローマの穀倉と言われた国で、イタリアのレモンもオレンジも、原産地はチュニスさ。ローマ時代の水道遺跡なんか、ローマよりずっと素晴らしいものが残っている。汽車も乗せてやるけど、汽車々々と言わずに少しゆっくり見物して行けよ」

村長の家は、正に古代カルタゴの中心、現在チュニス市の北方、地中海を見下ろす美しい丘の上にある。村の名をシティブサイドといって、昔フローベルもジードも滞在した古い石畳道の、ブーゲンビリヤの花咲くのどかな所だったが、着いてすぐ、私は体温計が必要になった。

「いやねえ。どうしたの?」と、古馴染《なじ》みの村長夫人が聞いた。

「最初がまんぼうで、次がまんぼうの奥さんで、三番目に僕がやられたらしい。けさから下ってる」

「そう言えば少し顔が赤いね」村長が言った。「旅行中、実際あれ困るよな。屁《へ》が出るようになりゃもういいんだが、いつか俺、屁をしたら実が出ちゃって」

「また始まった。お食事の前にあなた、およしなさいよ」

村長の女房を、私は新婚の三日目から識《し》っている。マドリッドのちび娘とちがって、此処の村長の娘はもう結婚適齢期だが、これも襁褓《むつき》の頃から識っている。村長とはもっと古い。したがって私は別に驚かないけど、まんぼうが、

「村長閣下はウンコの話がお好きなのですか？」と、少々驚いた様子であった。お好きですかも何も、三十四年来一貫して大好きなのである。そのうち和食の御馳走にお酒がまわって、

「俺は遠藤狐狸庵《こりあん》の愛読者だ。雲古とお奈良の話をして何が悪い。お前、此の次は狐狸庵先生も連れて来い」

熱で気勢の上らぬ私に向い、村長はさかんに気焔《きえん》を上げ出した。

チュニジヤはヨーロッパの避寒地になっているいい所だけれど、「此処は地の果てアルジェリヤ」のアルジェリヤの隣国で、日本人村といっても日本人がそう大勢いるわけでなし、村役場の人たちは人恋しい思いになることもあるらしい。翌日は村長一家、助役、収入役、まんぼう夫婦に幽霊、腹具合の少しよくなった私、二台の車に分乗してみんなでローマの遺跡を訪ねる日帰りの旅に出た。平野の中に蜿蜒《えんえん》とつづく水道橋の偉観、古代ローマの神殿、遊牧民のテント、アフリカ最古の回教寺院、色々見学して着いた所が青い地中海に臨むスースという町であった。立派なレゾート・ホテルがあって、ヨーロッパ人の滞在客たちがプールサイドで日光浴をしていた。

此のスースで、ようやく汽車に乗せてもらえることになった。村長夫人、まんぼう夫人、村長の娘、助役、収入役、幽霊は、自動車でチュニスへ帰る。村長とまんぼうと私だけが汽車組である。ヨーロッパの田舎駅のようなプラットフォームで待っていると、十三時四

十分発チュニス行64列車が入って来た。六輛編成の気動車でチュニスまで各駅停車だが、一等の車室は冷房が効いている。「ピヤーッ」というような警笛を鳴らして、六分遅れでスースを発車した。これと言って趣は無い。横須賀線のグリーン車よりもう少し上等のシートに腰かけて、まんぼうと村長は忽《たちま》ち居眠りを始めた。

私は独り窓外の景色を眺めているが、糸杉の林、ユーカリの木、オリーブ畑、葡萄畑、サボテンの赤い実、驢馬、羊の群れ、北阿と南欧とはどうも地中海をめぐる同じ風土のように思える。無花果の木がたくさん眼につく。もしかすると無花果の葉もカルタゴからヨーロッパへ渡って、美男美女像の前を隠す役目を果すようになったのかも知れない。多少珍しいのが赤服のベルベル族の女、一《ひ》と瘤駱駝《こぶらくだ》。気動車は「ピヤーッ」「ピヤーッ」と警笛を鳴らしづめで、葡萄とオリーブの実る野を走っている。踏切を越すと白っぽい砂ぼこりが舞い上る。やがて、鞄《かばん》を提げた学校帰りの子供たちや大きなセメント工場が見えて来、チュニスが近づいた。

「ああ、着いたかい」と、村長が眼をさました。「どうだい、チュニジヤの汽車は?」

「どうだいってことも無いけど、時刻表通り、百四十九キロを二時間と二分で走った」

「車の方が早いんだよ。連中は先に帰ってるだろう」

村長が言ったが、御婦人たちはホテルへ帰り着いていなかった。こういう時、まんぼうはふぐのようなふくれ方をする。

「まさか途中で買物じゃないだろうな。もう買わんという約束だから買物はしてないはずだ」

「それは北さん、希望的観測というもんでしょう」私は言った。「幽霊はどうだか知らないが、村長夫人が好きで村長の娘が好きで、それと一緒で何も買わないわけが無い。もう買わんもう買わんと仰有《おつしや》るのは、もっと買いたいもっと買いたいというまごころの叫びですよ」

「そうでしょうか。そうだとしたら怪《け》しからん話だ」

「怪しからん話でもそうだと思うけどね」

自動車組は遅く帰って来た。幽霊の注進によると、案の定こっそり、しかしどっさり何か買いこんだらしい。まんぼう夫人の急ぎのお召し替えが終るのを待って、夜はまた村長宅で雲古話の賑《にぎ》やかな酒盛りになった。

「これで、あしたもうギリシャ? 相変らずせからしい人ねえ。せめて一週間ぐらい居りゃいいのに。はるばる訪ねて来て二日で立ち去る手は無いわよ」

村長夫人が名残惜しげに言ってくれるので、私はあとの予定を村長に話し、「シシリー島へ来ないか」と誘った。「シシリーで再会して別れようよ。此処からならほんの一と飛び、きょうのスース遠足と大してちがやしないじゃないか」

村長は、それには何とかの許可がどうとかとぶつくさ言っていたが、

「行こうか」

「ねえ、行こう行こう」

と、村長家の二人の女性が賛成した。

アクロポリス軍用列車

久しぶりに異国で昔のクラスメイトに会えたのはよかったけれど、チュニジヤの汽車は少し物足りなかった。ギリシャへ行ったらたっぷり乗ってやろうと私は思っていた。ギリシャの鉄道路線図を見ると、アテネからペロポネソス半島をコリント湾に沿うて西へ走り、地中海の岸辺へ出て、それより内陸部経由アテネへ帰って来る列車がある。途中にオリンピアの史跡があり、其のほか昔西洋史で習ったような習わなかったような所をいくつか通る。ただしこれから先は、汽車に関する限り一人旅であった。まんぼう夫婦も幽霊も、もう、ついて行ってやろうと言わなくなった。

アテネ到着の翌朝早く、私はゼウスの神殿前のホテルを出て、一人トロリーバスで駅へ向った。比の国で困るのは、字が読めないことである。団子の串刺《くしざ》しやZのさかさになった字で書かれた掲示は察しがつかない。アテネ駅は大混雑で、切符も売っているのに、何故かプラットフォームはがらんとしていた。案内の窓口に英語を話す小母さんを見つけて、やっと其の訳が分った。只今国鉄がストライキ中で、コリント方面への客を全部バスで振替え輸送しているのである。何だ、バスじゃしようがないとあきらめて帰りかけたが、念のため私は陸橋の向ぅの北駅（?）へ行ってみた。アテネでは、南西ペロポネソス半島行の列車が出る駅と、北ギリシャへの出発駅とが、鉄路をはさんで背中合せになっている。こちらの線もストだったが、九時発のセサロニキ行の急行が出ますと教えられた。だけど軍隊の手で臨時に運行しているので、どのぐらい遅れるか保証しませんよ——。

セサロニキは、ユーゴースラビヤ国境に近い町である。ストライキの最中そんな所まで行ったら何時《いつ》帰って来られるか分らない。私は時刻表を丹念にあたって、少々遅延しようが間引き運転になろうが日帰り可能な駅としてレヴァディアという所を探しあてた。

「ええと、何だったっけ。レヴァディアだ。レヴァディアまでの切符を下さい」

窓口に金を出すと、

「レヴァディアからデルフィは何とかで、バスが何とかで何とかだ」

と、分らないことを言ぅ。何度も聞き返した末、忽然《こつぜん》として意味を悟った。全くの偶然だが、私の行こうと思い決めたレヴァディアは、デルフィのアポロの神殿への最寄駅で、レヴァディアまで行ってもきょうはデルフィへ行くバスはありませんよと言っているのであった。

「デルフィの神殿なんかどうだっていいんだ。汽車に乗ってきょう中にアテネへ帰って来られればそれでいいんだ」ということを、ようやく相手に呑みこませて、私は切符を手に入れた。

ストライキなら、せめてギリシャ陸軍の鉄道連隊が蒸気機関車でも動かしていないかと思ったが、セサロニキ行一二等急行600列車を曳《ひ》いてのろりのろり入って来たのは、相も変らぬ米国製のディーゼル機関車である。七輛編成で、中の一輛が半車分だけ一等のコンパートメントになっている。出札係は満員だと言って二等切符しか売ってくれなかったが、見ればがら空きであった。車掌は兵隊でなく普通の鉄道員で、どうやらこれは車掌のポケットと関係があるらしかった。五十ドラクマの紙幣を渡して上級乗換えの手続きを頼み、釣りは要《い》らないと身ぶりで示すと、車掌はぽんと胸を叩き優雅に腰をかがめてにっこり、実にいい笑顔をして見せた。

こちらはしかし、言葉が話せず字が読めず、どうもあんまり面白くない。列車は動き出したが、途中、駅でもない所に度々停ってだんだん遅れがひどくなる。古代のアポロやヴィーナスはどうなってしまったのかと言いたくなるような薄ぎたないギリシャ人の爺が、新聞雑誌を売りに来る。長距離急行のくせに食堂車はついていない。線路わきに落ちている石ころも山々の石も、みんな大理石か大理石の親戚《しんせき》だが、ということはつまり石灰岩の禿山《はげやま》ばかりであった。大体車窓からコリント湾と地中海を眺めようと思っていたのに、乗った汽車が逆の方向へ禿山だらけの山間部を走っているのが面白くない。一時間五十六分のところを三十分ばかり遅れてレヴァディアへ着いた。

急行が行ってしまうと、他に客なぞ一人もおらず、私は此の田舎駅にひっそり閑《かん》と取り残された。プラットフォームで鶏が鳴いている。フォームに面した駅員官舎の玄関に乳母車が置いてある。一緒に来なかったまんぼうは無礼だ、帰りの汽車はどうなるのかと、心細い思いで考えていたら、背の高い駅長がにこにこしながら出て来て、

「あなた、ドイツ語を話せないか？」

今から四十年前、高等学校を受ける時、高校生になったらドイツ語でメッチェンとシュピーレンしなくてはと思って文科乙類を志望した。其のドイツ語を九割方忘れてしまい、英語の方をみっちりやっておいた方がよかったと後悔することがあるけれども、今ごろそんな愚痴を言っても仕方が無い。ドイツ語だって一割分ぐらいは記憶にとどまっているだろう。多少は分ると答えると、駅長は改札口の掲示板を指し、

「アテネ行の此の603列車が」と、一語々々ゆっくり、高校一年生に会話を教えるような口調で話してくれた。「此のシュネル・ツーク603が、一時間遅れで十五時十分ごろ此の駅を通る。それまで上り列車は無い。此処からデルフィの神殿へは約四十キロ。バスは無いけれど、もしタクシーで往復するなら向うで一時間見物の余裕を見て603列車に間に合う。ナイン、ナイン。汽車でデルフィの神殿を訪れる人がめったにいないだけで、向うへ行けば観光バスがたくさん駐《とま》っていて、アメリカ人やドイツ人の観光客が一杯いる」

私は駅長のすすめに従うことにした。駅前にトヨタのタクシーが一台いた。此の運転手はドイツ語も英語も解さなかったし、途中で自転車を押した買物帰りの自分の女房を見かけると、自転車ごと女房をタクシーに相乗りさせたりしたが、ともかく此の運転手が私をデルフィへ案内し、603列車に乗りおくれないようにレヴァディアの駅へ連れ戻してくれた。

上りアテネ行が入って来るまでの間に、駅長はタクシー代を幾ら取られたかと聞き、それならまあ妥当だろうというように頷《うなず》いてみせた。帰りの急行は食堂車を連結していた。沿線の駅々に夾竹桃《きょうちくとう》の花が咲いていた。私が食堂でビールを飲みながら、糸杉の木や夾竹桃や古風な腕木シグナルを眺めていると、片言の日本語で話しかける人があった。ちょっとびっくりしたが、一人は二等車の乗客、もう一人は食堂車のボーイで、共に元ギリシャ船の船員であった。二時間後、左の車窓に遠く夕暮れのアクロポリスの丘が見えて来た。睡そうなまんぼうの顔が、何だか妙におなつかしいような気がした。

「北さん、帰って来たよ。君はきょう何をしてたの？」

「僕ですか。僕は女房を連れてちょっとアクロポリスへ上ってみたぐらいで、あとはホテルで寝てたです」

「たまには君、古跡名勝も訪ねてみるもんですぜ。僕は思いもかけずデルフィの神殿を見物して来た。参考館の中のスフィンクスやブロンズの青年像が美しかったし、あんな石積みの露天劇場で紀元前何世紀だかに、アリストファネスの芝居か何かほんとうにやってたのかと思うと、変な感じだったなあ。アメリカ娘が恋人に、『其の舞台の上で歌ってごらん』なんて、石の観客席から叫んでた。もっとも、事志《こころざし》とちがってこういうことになったのは、国鉄ストのおかげでね、機関車を兵隊が運転してるんだから」

と話すと、

「いやア、そうですか。とうとう軍用列車にまで乗りこまれたですか」

とまんぼうが感心したが、それはまんぼうの誤解である。

特急ペロリ

シシリーへ発つ朝、暗いうちにホテルの部屋で眼をさまして、今自分が何処の国にいるのか、一瞬それが分らなくなり、「こんな駈け足旅行はいかんな」と少し私は自己反省をした。次から次へ忙しく駈け廻ってみてもそうそう特急「青い鳥」がつかまるわけは無いのだし、実をいうとそろそろ日本へ帰りたくなっている。幽霊はきょうの日本航空南廻りで帰国の途につく。まんぼう夫婦はローマへ出て二た晩休養するという。私はしかし、村長一家との約束もあり、やはりシシリー島の首府パレルモへ飛んで、もう一本だけ地中海沿岸の列車を試みてみようと思う。それがパレルモとローマの間を十時間三十二分で結ぶ「ペロリターノ」号で、馴染まない名前だから「特急ペロリ」と覚えていた。

幽霊とまんぼうが未だ寝ているうちにアテネを発ち、空路シシリー島へ、タクシーでパレルモ郊外の海浜ホテルに着いたら、村長たちもさきほど到着したところであった。海外駐在の村長役といえば、華やかな商売のように思われ勝ちだけれども、なかなか辛い一面があって、チュニスの次は何処へ行かされるか分らない。いつ故国へ帰してもらえるかも分らない。私は汽車、彼らは翌日からバスでシシリーめぐりの予定なので、昼と夜の食事を共にし、半日一緒に暮して、

「じゃあ、僕はあす朝早いからね」

と部屋の前で別れたのが、今度こそ当分の別れであった。思いなしか、村長の娘も少し淋しげに見えた。

ローマ行「ペロリターノ」882列車は、パレルモ駅を七時四十八分に発車する。駅構内に礼拝堂があって、蠟燭《ろうそく》の灯がゆれ、黒衣のイタリア女が早朝のお祈りをしていた。料金(日本円で約九千円)の割には豪華な電車特急がプラットフォームへ進入して来た。一等だけの三輛編成だが、これは途中あちこちからの「ペロリ」をくっつけて全部で七輛になる。四十八分定時、すうッと動き出した。

市街を出離れると、すぐ左手が海である。海にまぶしく朝日が昇っていた。きのうからそう思っているのだが、シシリーという所は、何しろ空も海も底抜けに明るい。暗い陰鬱なドイツからやって来たゲーテはさぞびっくりしただろう。ただ、当方少々偏見があって、

乗っている人がみんなマフィアに見える。村長もチュニスを出る時、秘書に、「シシリー島へ行くならすりに気をつけて下さい」と注意されたそうだ。乗客の九割九分はイタリア人で、私がほとんど唯一の外人客らしかった。隣のシートで、金の指輪をはめた巨漢のマフィアが、同席の夫婦と連れのマフィアの姐《あね》さん相手に、身ぶりよろしく、

「シ、シ、シ。何とかヌート、タンテ何とかナーエ」

と、しゃべりづめにしゃべっているが、何の話か全然分らない。

窓外は糸杉の林、松並木、レモンやオレンジの果樹園、葡萄棚。澄み切った穏やかな海の中に奇岩があって、岩肌に青海苔《あおのり》がくっついている。葡萄の籠を頭に載せた女が歩いて行くと思うとトンネルに入る。列車のスピードが加わって来、臙脂《えんじ》色のふっかりしたシートに白いリネンのカバー、眺めもよく百五十キロ近いスピード感も快く、大分「青い鳥特急」らしくなって来た。しかし沿線の家々は小さく貧しい。特急通過駅で待避している普通列車も、普通列車の客もみな貧しげである。九千円分のうち駅で未払いの座席指定料を車掌が徴収に来、千五百リラの釣銭を如何《いか》にも惜しそうに返してくれた。

ローマまで全線約九百キロのうち、「ペロリ」がシシリー島内を走る距離は二百三十キロで、十時三十分、島の東端メッシーナに着いた。此処で大男のマフィアと其の姐御が下りて、隣は中年の夫婦者だけになった。横の線に、銀色の胴、緑の隈取《くまど》りのきれいな電車が二輌音も無く入って来たのはシラクサからの「ペロリ」で、これより両方の「ペロリ」

を連絡船の中へ送りこんで、メッシーナ海峡を本土へ渡す。

模型のような小型電気機関車が繰り込み作業を了えるのを待って、私は連絡船のデッキへ出た。「FS」とイタリア国鉄のファネル・マークをつけた二千噸《トン》ほどの連絡船であった。関門よりやや広いくらいの海峡で、青い明るい潮に魚影がたくさん見える。水中翼船が渦を乗り切って走っている。英語を話す人がいたので、シシリー側の岡の上にメッシーナの聖堂が遠ざかるのを眺めながら、

「此の海峡に橋を架けるとかトンネルを通すとかの計画は無いのですか」と尋ねてみた。

「それは夢なんだが」

と、其の人は、今のイタリアの国力ではとても無理だというように答えた。

連絡船の着いた所はヴィラ・S・ジョヴァンニ。分割してあった電車特急を、前と同じ操作で曳き出し、繋《つな》ぎ合せ、イタリア本土の長靴の先っぽレッジョ・ディ・カラブリアという町から来た第三の「ペロリ」と連結して一本のローマ行「ペロリターノ」に仕立てるのだが、見ていると其の作業がなかなかうまく捗《はかど》らない。連結部の管から、何度でも巨人の屁の如き音を立ててエアがむなしく噴き出す。鉄道員たちは肩をすくめ、大声でただわあわあ言っている。何かの故障だろうが、それに対処するテキパキしたところが少しも無い。此の非能率は英国人のスローモーションぶりと別のものだと思うけれど、話す相手はいないし、いくら見ていてもらちがあかないから、座席へ戻っておとなしく待つことにし

た。

幽霊がそろそろ東京へ着いたころだろうな。昔「幽霊西へ行く」という映画があった。売りに出されたヨーロッパの古城が、分解されて船に積まれて、城主の幽霊と一緒に大西洋を西へ引越しする。西欧文明の幽霊がアメリカへ渡るという寓意《ぐうい》だったかも知れないが、ほんとうはお城の富も、ミケランジェロやダ・ヴィンチの脳味噌の余りも、マフィアの悪も、本物は全部アメリカへ渡ってしまい、ローマ彫刻の顔をした阿呆の幽霊だけがたくさん、大西洋のこっち側に残ったのではないかしら。それでは日本人は何の幽霊かと聞かれたら困るけれど、大体電話一つでも、現在西ドイツを除くヨーロッパ大陸の国々で、日本や米国と同じようにきちんと通じると思ったら大間違いだ――。

そのうちどうやら発車したので、床屋文明論を考えるのをやめて食堂へ立った。長靴の先から来た三輛の「ペロリ」が食堂車を持っている。普通の一等車の席にテーブルをセットしただけの食堂であった。

特急は二十七分の遅れを取返すつもりか、馬鹿に早く走り出した。震動がはげしく、前のイタリア人と二人で抑えっこをしてないと粉チーズの鉢が辷《すべ》り落ちる。料理は不味《まず》いけれど、けさから何も飲み食いしていないのでデンマーク・ビールが美味い。相変らず眺めもよろしい。海べを走ってトンネルに入り、トンネルを抜けては海になる。伊東線の景色に似ていた。一度長いトンネルの中で停電し、何を食っているのか分らなくなったが、電気がつくと又気が狂ったように走り出す。

終着ローマまで、途中停車駅は、サレルノ、ナポリをふくめてあと五つ。何処でローマ発シシリー行の「ペロリターノ」とすれちがうか、興味があった。私の計算ではサレルノの手前二十キロぐらいの地点で行き逢うはずだが、遅れているからそれがあてにならない。眼をこらして待つうちに、十五時二十四分、トンネルとトンネルの間で、同じ銀色七輛の「ペロリ」883列車が、軽やかに南をさして下って行った。二十分後、右の窓に浅間山によく似た火山が見えて来た。煙は吹いていないがヴェスヴィオだろう。二分後、埃《ほこり》を捲《ま》き上げて通過した駅に「ポンペイ」と駅名が読めたので、やはりまちがいないなと思って眺めていると、隣席の中年夫婦の夫人の方が、

「そうです。ヴェスヴィオですよ」と、英語で教えてくれた。「日本の方ですか？　実は朝パレルモを出た時から、何度も英語でお話してみようかと思ったのですが、私たちの方を怖い顔して御覧になるから話しかけられませんでした」

夫人は高校のフランス語教師、英国に住んでいたことがある。子供がなく共稼《ともかせ》ぎで、御亭主は法学教授の肩書を持つ運輸省の会計監査課長。マフィアの連れかと思ってたとも言えないから、

「それは失礼しました」と私は謝った。「あなた方を睨《にら》んでいたわけではありません。私は鉄道に興味のある者で、列車の内外を一所懸命見ていただけです。――メッシーナで下

りた大柄な人は、あなたのお友だちですか」

「ああ、あの方たち？　国鉄の財政のことを熱心に話してらした。偶然会ったんですけど、あれはイタリア国鉄の役員御夫妻です」

「へえ、そうでしたか」

心の中で私はもう一度謝っておいた。

此の中年夫婦が、それまで意味の分らなかった列車名を、「ペロリターノ」というのはシシリー島の山の名前ですと説明してくれた。十六時三十七分ナポリ着、四十分、七分遅れでナポリ発。沖に大きな航空母艦がいた。それがアメリカ第六艦隊の旗艦「フォレスタル」であることも、「ペロリターノ」はナポリ・ローマ間で最高時速百八十九キロまで出すことも二人に教えられた。しかし、イタリアの共産主義とカソリックの関係について、昨年ルーマニヤ旅行をした時の経験について、彼らが語った内容は、私の英語の能力ではよく分らなかった（実際分らない部分があった）ことにしておいた方がいいかも知れない。教授夫婦が望んでいるように、近い将来イタリアが共産党の天下にならずにすむかどうか、私には判断がつかない。「もしなったら、ルーマニヤの私たちの友人と同じ運命が待っているだけでしょう」。特急の通過する小さな町の町角にも、赤旗が林立しているのを私は見た。

ナポリからローマまで二百十一キロの区間で、「ペロリ」は遅延を完全に恢復《かいふく》した。右の窓に、チュニジヤのより小ぶりな水道遺跡が見え、定刻十八時二十分ローマへ着いて、教授夫妻と別れ、私はプラットフォームにまんぼうたちの姿をさがしてみたが、いなかった。今夜ローマ市内の何処か美味い店で、三人、此の旅最後の晩餐《ばんさん》をする約束になっているのだけれど、ギリシャを発つ前の晩、まんぼう夫人が、

「午後六時二十分着ですか。ねえ、あなた、駅へお迎えに行ってみましょうよ。夕暮れのローマ終着駅で又めぐり逢うなんて、ロマンチックじゃない」

と言ったのに、私は、

「ホテルで待っててくれればいいです。遅れさえしなければ夕方六時二十分に着くに決っているし、汽車の着く所はローマ終着駅に決ってるんだから、何もロマンチックなことはありません」

と憎まれ口をきいた。それで来なかったのだろう。ほんとうは来てもらえばよかった。ロマンチックかどうかは別として、荷物が重い。重いスーツケースを提げて私は駅を出、タクシー乗場の長い行列に並んだ。

降誕祭フロリダ阿房列車

お髭のコロンビア大学教授食いしん坊のパッシン先生が、「寿司《すし》はニューヨークにかぎる」という目黒のさんまみたいな論説を雑誌に発表なさって半年後の寒い歳末の晩、ニューヨーク五番街に近い四十八丁目の寿司屋で、トヨタ、イスズ、マツダと、国鉄職員にあるまじき名前の国鉄職員が三人、気焔《きえん》を上げていた。熱燗《あつかん》を傾けながら聞いていると、

「とろを巻いてくれ」

「僕はみる貝」

其の合の手に、「スジをどうする」とか、「スジが無い」とか、しきりと言っている。筋子の寿司を食いたいのかと思ったら、そうではなかった。

さてもさても

世は逆さまと成りにけり

内田百鬼園先生に、『馬は丸顔』と題する名作がある。成島柳北《なるしまりゅうほく》はおそろしく顔の長い人であった。明治の初年、馬上ゆたかに墨堤《ぼくてい》へお花見に出かける柳北を、一緒に行った福《ふく》

地桜痴居士《ちおうちこじ》が、つくづく眺め、感にたえて一首詠《よ》んだという話が書いてある。

さてもさても
世は逆さまと成りにけり
乗りたる人より馬は丸顔

逝《ゆ》ク者ハ昼夜ヲ舎《す》テヌ十年前二十年前のニューヨークしか識らず、日本へ帰ったら美味い寿司と松阪肉を食べようなどと考えている私の如きは、もはや古いらしかった。日本航空では、ニューヨーク発アンカレッジ廻り東京行005便の乗客にかぎり、「美味しいアメリカのサーロイン・ビーフをどうぞ」——、ただしお一人さま三個まで、お土産用の「Beef Lift」サービスというのをやっている。

トヨタ、イスズ、マツダの三人は、日本国有鉄道ニューヨーク在外事務所の駐在員だが、大西洋産まぐろの中とろを握らせながら、世は逆さまと成りにけり、どうやってアメリカ人に列車の近代的運行法を教えこむかという論議をしているのであった。

スジとは鉄道のダイヤグラムのことである。昔英国で生れて日本へ伝わり、通勤電車の運転間隔一分三十秒ヘッドというような巧緻《こうち》きわまるものに発達したスジのシステムは、アメリカへは渡って来なかった。それで米国人は、未だに紙の上に桝目《ますめ》を書き、五目並べの碁石を動かすようなやり方で汽車を走らせている。

これで鉄道が時代に取り残されないわけが無い。東京都の電話番号簿一冊分くらいあった全米旅客列車時刻表は、此の二十年で、六十二頁の薄いパンフレットに変ってしまった。

たまりかねて、技術調査団の派遣を要請した先が曽ての占領国日本である。

「先だって本社の調査団一行がやって来ましてね、一番びっくりしたのはスジが無かったことなんです。――穴きゅう」

と、トヨタ氏が言った。

話によると、一九八〇年代の初めには、ボストン・ニューヨーク・ワシントン間、日本の援助でアメリカ版の新幹線が走り出すのだそうだ。

「しかし、私たちもあんまりいい気になってはいかんと思うのは、NASAの機構縮小で職を失った航空宇宙関係の人員が、鉄道へ入って来つつあることです。彼らの頭脳と技術は大したもんですからね。アメリカの鉄道は、落ちこむとこまで落ちこんで、今、かすかながら復興の兆《きざし》を見せ始めています。もしかすると、こいつは素晴らしいものになるかも知れませんよ。時にですな」

マンハッタンの寿司をつまんでトヨタやイスズのこういう話を聞いているには、訳があって、乗りたい汽車があるのだけれど、アメリカの頑迷な鉄道屋さんは、私が個人的に出した手紙に返事をくれなかった。仕方が無いから、餅は餅屋、ニューヨーク在外事務所の餅屋にお願いして、其のすじで話をつけてもらうことにしてあった。

「時にあの件ですがな。機関車に乗るオーケーだけはどうしても取れませんでした」

「駄目ですか」

「駄目です。その代り、展望車にお乗せするという確約をもらっておりますから」


今から数えて一年八カ月前の一九七五年四月、東岸デラウエア州のウィルミントンを振り出しに、アメリカ建国二百年を祝う「アメリカン・フリーダム・トレイン」というものが走り出した。鉄道復興のさきがけにしようとの主旨があったようだが、旅客は乗せない。貨物を運ぶのでもない。十数輛の大型客車が、全部歴史博物館になっていて、要するに移動博覧会である。行く先々の町で、三日なり四日なり列車をとめ、入場料を取って、市民にアメリカ合衆国二百年の歩みのあとを展示する。

足かけ二年がかりで、四十八州百三十幾つの都市を経めぐり、目下フロリダ州ウエスト・パーム・ビーチという町において、ベンジャミン・フランクリンやジョージ・ワシントン以来の祖先の偉業を展示中であった。これが見たいだけなら話は簡単で、御当地へ飛んで、入場券を買って行列に並びさえすればいいのだけれど、実をいうと展示物には興味が無い。ベンジャミン・フランクリンなんかどうでもいい。目ざすは汽車そのもの、特に「アメリカン・フリーダム・トレイン」を牽引している特大型の蒸気機関車、X４４４９

号である。

向うが見せたいものは見たくない、乗せないという博覧会列車に、走る時だけ乗せてほしいというのだから、アメリカの鉄道屋が返事をくれなかったのも、幾分無理からぬ点はあった。

それが、日本国鉄の御威光でとにかく乗せてもらえることになった。「フリーダム・トレイン」は、此の十二月二十四日、クリスマス・イヴの朝、ウエスト・パーム・ビーチを引き払って、マイアミまで約百十キロ、全米巡業最後の旅に出る。マイアミでの展示を終ったら、列車も列車を運営していた財団も解散する。

たまたま十二月二十四日は我が満五十六歳の誕生日で、私は誕生日のお昼前、アメリカ建国二百年記念列車の古風な展望車におさまったまま終着マイアミ市へ乗りこむ次第となった。それがどうしたと言われても困るが、嬉しい。

寿司とお酒をほどほどに切り上げ、あした先ず「メトロライナー」でワシントンへ向おうと思う。ワシントンの大学に、昨年カナダ紅葉列車の供をさせた長男甚六がいる。

「また来た」

と思っているらしいが、試験がすんでクリスマス休暇に入るところだから、甚六を通訳代りに拾い上げ、ワシントンより夜行の寝台列車でフロリダへ下る。

新幹線が出来るまで、東京大阪間にビジネス特急と称する電車特急が走っていた。ニューヨーク・ワシントン間の「メトロライナー」はすなわちあれである。豪華なラウンジ・カー「メトロ・クラブ」を連結しているのといないのとがあるが、翌日、十四時三十分発「メトロ・クラブ」のついているのを選んで、一人掛けの立派な革椅子に坐っていたら、定刻、すうッと動き出した。

昨晩国鉄と一緒に寿司を食べたお玻璃《はり》さんという親切な日本人のお嬢さんが、アメリカ人の男性二人と見送りに来てくれていた。青い遮光《しゃこう》ガラスの窓の向うで手を挙げた彼らの姿が忽ち見えなくなった。アメリカ人の一人ダニエル・メロイは古い古い友人で、私と同じ大正九年申歳《さるどし》の生れ、これが此の世の見納めとなって二週間後にメキシコで水死する。そんなことはしかし、今書いても仕方が無い。地下のプラットフォームを抜け出した列車は、冬枯れの景色の中を、もう時速九十マイルで走っていた。

小雪がちらついている。烈風で、木々の大枝が揺れに揺れている。葦《あし》の原っぱ、赤煉瓦の古い建物、自動車の死骸の集積場。月日が百代の過客なら、此の「メトロライナー」の乗客だって、みんなほんとは冥途《めいど》行の急行列車に乗っているようなものだろう。友人の死を予感したわけではないと思うけれど、何だかひどく淋しい沿線風景であった。

窓べにメニューが立てかけてあるから、黒人の給仕を呼んで景気直しにカクテルを一杯註文し、飲み乾したあと、車内を検分して歩く。銀色の電車特急、コーチが三輛、スナック・バア一輛、「メトロ・クラブ」共ほぼ満員の五輛編成で、複々線の一番右側を走っている。最前部、運転室のあるデッキへ出たら、此の国にも好きなのがいると見えて、若いアメリカ人が二人、前方を注視しながら立っていた。

赤シャツ、レインコートの運転士の横で、計器の針が時々110から112まで上る。「メトロライナー」の最高時速は百五マイルのはずなのに、これだとキロに換算して百八十近く出していることになる。七十年前に建設した悪い路線の上を百八十キロで力走すると、列車は電気あんまのように揺れるが、雪空から薄日が洩れて、研ぎすまされたような色の複々線のレールが光って美しい。

フィラデルフィア停車、定時。「フリーダム・トレイン」の起点になったウイルミントン、十六時六分定時。冬の日が早々と暮れ始め、左手、デラウエア湾の入江の濁った海を眺めているうちに、ニューヨークから三時間二分で、ワシントン、ユニオン・ステーションのプラットフォームへ辷《すべ》りこんだ。出口に、甚六があんまり面白くないような顔つきで待っていて、

「メトロライナーのヘッド・ライトはぐるぐる廻るんだけど、気がついた？」

と、はるばるやって来た親に対する挨拶をした。

「そいつは知らんな」

「あれが、特急列車通過の合図なんだよ」

甚六が世話になっているアメリカ人の家庭があって、御主人のドクター・マルキンは、NASAの偉いさんである。何年かのちニューヨーク新幹線が走り出すころ、此の人の主宰するNASAの宇宙連絡艇「スペース・シャトル」も、地球と衛星ステーションとの間を定期的に往復し出す予定だ。

仕事が仕事だから、鉄道の将来や古典的海軍の在り方に関しては懐疑的で、いつか甚六に、

「海軍なんてものは、もはや意味を失っている。ミサイル潜水艦だけ残して空母も巡洋艦も全廃してしまったらいいと思う。——だけど、このこと君のお父さんには言うな」

と言ったそうだ。

フロリダへ行くなら何故ケープ・ケネディに寄らない、何から何まで見せて上げるのにとも言っているそうだが、生憎《あいにく》今回其の気が無い。家族一緒の宇宙屋さんに、フランス料理を御馳走してもらうことになった。

到るところ、クリスマス・ツリーの灯がともったワシントン下町のレストランで、晩飯を食いながら米国版新幹線の話になると、日本の援助といっても誰がそんな金を出すんだろう、今更此の国の鉄道を復興させて果して意味があるのかと、宇宙屋は賛成しかねる口《こう》吻《ふん》を示した。

「アメリカの汽車はひどく揺れるでしょう。すべての設備と機構が老朽化しているんだか

ら。そりゃ、日本の新幹線は立派ですよ」

昨年日本へ来て、テレビのモーニング・ショウに出演し、「スペース・シャトル」について一席論じたことがある。

「あれはあれで、日本の国情に合っている。一番感心したのは、私の前の席で、お婆さんが窓枠《まどわく》の上にお茶の瓶《びん》を置いて居眠りしていたことだ。列車が二百十キロの速度で走っているのに、お茶は決してひっくり返らないものと信じ切っているらしい。アメリカの鉄道で、そんなことが考えられますか」

話はくさぐさ面白かったけれど、英語でこういうことを聞いたり言ったりしていると、甚だしく疲れる。飯がすんでコーヒーを飲んで、別の店でアイスクリームを食べて、やっと御免蒙《こうむ》ってホテルへ帰る私を、甚六が送って来た。

「寝るよ、俺はもう。くたくただ。あしたの『シルバー・スター』号、二時四十五分の発車だからね。荷造りをしとけ」

「分ってる。僕だって疲れてるんだ。ほんと、お父さんの英語聞いてると疲れるよ。イディオムや前置詞の使い方があぁ滅茶苦茶じゃ、自分でも困るでしょ」

「ふん」と、私はベッドの中から答えた。

「誰かがな、一世の婆さんに言ったそうだ。お婆さん、言葉が出来なくて、長いアメリカ生活、さぞ不自由でお困りになったでしょうね。婆さんが言ったそうだ。いいえのう、わたしア一つも困りゃあしません、困ったのは向うじゃもん」

　ニューヨークからワシントン経由、常夏《とこなつ》のマイアミまで、「シルバー・スター」と「シルバー・ミーティアル」と、毎日二本の寝台急行が運行している。季節が季節で全列車満席だったが、どうにか個室の寝台が二つ取れていた。次の日、時刻を見計らって駅へ行ってみたら、「シルバー・スター」は一時間十分の遅れだと言う。「言う」といっても掲示が出ているわけでなし、アナウンスがあるわけでなし、様子が変だから黒人の赤帽をつかまえて聞くと、

「一時間十分の遅れ」

　あたり前のような顔をして教えてくれただけである。改造中のユニオン・ステーションの、倉庫の片すみのようなところで、マイアミ行の乗客たちが、寒そうに行列を作ってみんな不平も言わずに待っていた。

「ニューヨークを定刻に仕立てれば、此処まで四時間だろ。四時間の間にどうやって一時間十分遅れるのかね。寒いよ、第一」

　それでも、列車が入って改札が始まり、エスカレーターでフォームへ降りて大きな寝台車に乗りこんだら、少し気分がよくなった。広い窓、小ぢんまりしたルーメット、ただし窓など洗わない主義か、ガラスはひどい汚れ方で、駅の風景が眼病にかかったようにかすんで見える。

三十五分停車して、遅れのマイアミ行急行81列車「シルバー・スター」はワシントンを発車した。右にワシントン・モニュメントが見えて、冬枯れの桜の名所タイダル・ベイスンが見えて、すぐ広いポトマック河の鉄橋を渡る。

「何とかかんとか文句ばっかり言ってるけど、さすがに汽車が動き出すと、生き生きした嬉しそうな顔になるね」

そういう甚六も、身分不相応な個室寝台を一つもらって、

「寄宿舎のルーム・メイトなんか、みんな質素なもんだよ。おやじのお供で、一等寝台車でマイアミへ遊びに行くなんて、信じられないような話だって。日本人は――、僕はこんなことをしてていいのかナ」

とぶつぶつ言いながら、きのうよりいくらか機嫌がいい。息子を私のルーメットの便器の上に掛けさせ、私は深々としたソファにもたれて話しているうちに日が暮れた。

「敷島の大和心を人問はば」

と、私は地図を開いた。

「何ですか？」

「敷島の大和心を人問はば朝日に匂ふ山桜花――。よくこれだけ煙草の名前を詠みこみやがったという小話がある。昔、お前の祖父《じい》さんなんか、いつも敷島と朝日を吸ってた。今夜半までに、此の列車が幾つ州境を越えるか数えてみたんだよ。北から、いいかい、ニュ

ーヨーク、ニュー・ジャージー、メリーランド、ワシントン、ヴァージニア、ノース・カロライナ。よくもこれだけ合衆国海軍の戦艦の名前を並べたね」

甚六は阿呆《あほ》らしそうな顔をして、自分の個室へ引っこんでしまった。

二台のディーゼル機関車とも十九輛の長い長い車内を歩いてみると、コーチでは、電灯を暗くして満員の客がもう寝支度を始めていて、三等夜汽車の感じがする。バアも薄暗くて黒人が多い。食堂車と、半輛の一等ラウンジだけが明るかった。

「おい。晩飯を食うつもりなら、並ばないといけないらしいぜ」

扉をノックし、本を読んでいる息子を誘い出したが、もう一度行ってみたら、食堂車のこちら側と向う側に長蛇《ちょうだ》の列が出来ていた。其の行列が少しも進まない。窓外は闇で、何も見えない。列車は「コーッ、コーッ」というような音を立てて南へ南へ走っているが、面白くも何とも無い。

「万事が日本のようには行かないんだよ。日本って素晴らしい国だと思うなあ、僕は」

と甚六が、近ごろよくいる日本かぶれのアメリカ人みたいな口をきいた。

「コーッ、コーッ」を聞きながら、都合二時間半通路に立たされて、やっと食堂車に入れてもらったが、

「どうもお待たせいたしました」

「おしぼりをどうぞ」

そういうことは一切無い。髪のちぢれた黒いウエーターが、註文伝票をひったくって去って、代りに投げ出すように置いて行った皿の上には、焦げくさいフライド・チキンがころりとした感じで載っている。これだけサービスが悪いと、腹が立たなくなる。甚六と私が思わず顔を見合せて笑い出したのを、隣のテーブルから見ていたアメリカ人の女の子が、

「あなたたち、よく笑ってられるわね」

と言って、自分も笑った。

「とにかく、お目あてはアメリカン・フリーダム・トレインだが、どういうことになるのかな、こりゃ」

不味い飯がすんだら寝るより仕方が無い。ルーメットだけは、青い毛布、白いシーツ、昨年カナダ横断で乗った「スーパー・コンチネンタル」の個室同様、清潔で居心地がよかった。

四時二分前、列車のとまる音で眼がさめた。外は相変らずまっ暗だが、寝ているうちに少しは遅れを取り戻しただろう。あと一、二時間で常夏のフロリダ州へ入るはずだがと思うのに、暑いくらい煖房がきいている。どうも具合がおかしい。動き出したので、ブラインドを半分あけて見ていると、プラットフォームの微光に、

「サウス・カロライナ州カムデン」と駅名が読めた。時刻表と照合すると、一時間十分の遅れが、何処で何をしたのか四時間三十分遅れになっている。

ニューヨークの寿司屋で国鉄トヨタ氏が、

「現在アメリカの鉄道は、百キロメートルにつき五分以内の遅延は定時運転と見なしているんです。だから、ボストン・ニューヨーク・ワシントンの各区間、十五分遅れで走ったら、それでよろしいんです。其の意味での定時運転率がたったの六十三パーセント。これをですな、時速百二十マイル、二百キロ弱で、誤差五分以内九十五パーセントの定時運行まで持って行こうというのが、アメリカ新幹線計画です」

と言っていた。何のことだかよく分らなかったが、要するにフロリダ行の汽車が四時間や五時間遅れたからといって驚いてはいけないのだろう。

「大幅に遅れた場合は、やはり料金の払い戻しをしますか」

「そんなこと、するもんですか。私ら、いっそアメリカが羨《うらや》ましいですよ」

次に眼がさめた時には外が明るくなっていた。「ファー、ファー」と鼻に抜けるような警笛を鳴らして、列車はジョージア州サヴァンナの駅へ入るところであった。遅れがまた三十分増えている。おかげで、夜のうちに通過するはずだった南北戦争の古戦場を見て行くことになった。

『風とともに去りぬ』の舞台に出て来るような荘園があって樫の大木がそびえているかと思うと、銹《さび》トタンの貧しい小屋、舗装してない田舎道、洪水で水びたしになった雑木林。朝の景色の中に牛がいるのが珍しい。ただし、ヨーロッパの汽車旅のように、由緒ありげな古城が見えて来たりはしない。

ジョージア州が終るころ、甚六がやっと起き出して、

「五時間遅れだって？　よくそんなに遅れられるね、物理的にさ」

と、あくびまじりで感心した。

さきほど珍しいと思った牛が、今度はおびただしくいる。佃煮《つくだに》にしたいほどと言うが、佃煮にしてもコーン・ビーフにしてもとても追っつきそうもないくらいの牛の群れで、見渡すかぎりの大牧場である。

「もうフロリダ州に入った。よその国の五時間遅れの列車が今何処《どこ》を走っているか、我ながら実によく分るもんだ。あと八分でジャクソンビルに着くから、カメラを出しておいてくれ」

「それは、道楽とはそんなもんでしょうけれど、石川先生がね」

「石川先生って誰だ？」

「僕の先生ですよ。何でもいいけど、石川先生がね、二十年前に西岸から東部まで汽車旅をして、つくづく確信なさった。アメリカが工業国だというのは嘘である。米国は農業国だ。世界中の人間を全部アメリカへ連れて来て、人口密度は未《ま》だ英国より低いそうだから」

フロリダ州最初の駅ジャクソンビルに停車中、清掃夫がよごれた窓を洗いに来た。どう

せ洗うなら、始発のニューヨークに洗滌《せんじょう》機械を据えつけて洗って出せばいいと思うのだが、そこが工業国でない所以《ゆえん》か、賃金の高そうな白人の雑役夫がモップを石鹼水《せっけんすい》につけて外から大ざっぱな洗い方をして行く。甚六と私は、食堂車でコーヒーを飲みながらそれを眺めている。

「俺はどっちかといえばアメリカが好きなんだけど、頭悪いんじゃないかね、もしかすると」

「うん」

と、甚六がうなずいた。

「マルキンさんは、初めエール大学で物理学を教えてたんだ。学生があんまり頭悪いんで、いやになってNASAに変ったんだって」

「物理学の学生の頭がいい悪いと比較されても困るがな」

「お父さんと比較してやしないよ。一般論です。日本人って頭いいと思う。駅弁なんて、天才的にして偉大なる発明品じゃないかなあ。ランチのメニューが十種類ぐらいに増えるんだもの。横川の釜飯《かまめし》弁当が食べてみたいよ」

鬱と称し、大分日本へ帰りたくなっているらしかった。

窓洗いがすんでジャクソンビルを発車して、私たちがラウンジへ席を移したら、子供が三人、はしゃいで走り廻って大声で歌を歌っていた。

「A, b, c, d, e, f, g」

「Abcdefg, hijklmnop.――Happy happy shall we be, when we learned our abc.」

四十四年前、広島の中学校に入って英語を習い立てに教わった歌だから、なつかしくないこともないが、煩《うるさ》いガキだなと思っているうちに、ソファで編物をしていた婆さんが、

「わめいてはいけない」

と、鬼のような顔になって振り向いた。どの子供の母親か、中年の奥さんが顔を赤らめた。

「ただし」と鬼が妥協した。「クリスマス・キャロルなら歌ってもよろしい」

一人の女の子がぷッとふくれた。

「あたしユダヤだもん。クリスマス・キャロルなんか歌わないヨ」

「ポーランド人に関してはね」

と、甚六が言った。

「お前は頭に浮んだことを其のまま口にするから、いつも何を言ってるんだか話が分らない」

「アメリカには、少数民族が色々いるでしょう。日系もそうだけどさ」

「そんなことなら知ってる」

「少数民族についてのジョークがたくさんあるんだ。ポーランド系に関しては、頭悪いと

いうことになってましてね、ポーランド人が天井の電球を取り替える時は三人がかりなんだって。一人が脚立《きゃたつ》の上にのっかって電球を握ってる。あとの二人が、下で脚立をぐるぐる廻す」

窓外の景色がようやくフロリダらしくなって来た。赤い花が咲いている。パパイヤの木が見える。緑したたる何とも美しい小都市の駅を通過する。オレンジ・ジュースの工場がある。果樹園に、オレンジの木々がクリスマス飾りのように実をつけていた。

「シルバー・スター」はいくらか生気を取戻し、昼間の力走で遅れを四時間二十分にちぢめて、十六時五十五分、小雨のウエスト・パーム・ビーチに到着した。

「フリーダム・トレイン」の展示場は、此の下車駅からずいぶん遠かった。ちゃんと分っているのかなと、タクシーのとろい運転ぶりが気になり出したころ、遠く原っぱの中の引込線にX4449号の巨大な姿が見えて来た。

「ほほう、これは」

と、近づくにつれて私は二度ばかりうなった。

日本国鉄最後の蒸気機関車C62が重巡クラスとすれば、宛然《えんぜん》戦艦大和である。三十数年前、カリフォルニアでサザン・パシフィック鉄道の特急「コースト・デイライト」を曳いた名機だが、銀色と赤とブルーに塗装し直されて、見上げるように高い煙突から薄く煙を吐いていた。

明朝出発の準備だろう、作業衣の機関士が雨に濡れた鉄梯子《てつばしご》をよじ登って行く。大男の機関士が四つの動輪に較べて小柄に見える。機関車のうしろには、博覧会用の客車が長く原っぱを埋めている。其の一つに、係員らしい髭の若者を見つけたので事情を説明すると、

「そうか。あんたたちあしたこれに乗るのか。じゃあ、別の客車にチェアマンの何とかさんがいるから連れて行って上げるけど、その前に、よかったら列車の中を見ないか」

と言い、

「一年八カ月の巡業中、七百万人の人が此の列車を見に来た」

と自慢した。

動く歩道に乗って進んで行くと、各客車ごとに、ベンジャミン・フランクリンの手書きの文書だとか、南北戦争当時の油絵だとか、エジソンの発明した道具類、ルーズベルト大統領やケネディ大統領の写真、遺品、色んな物が趣向をこらして陳列してあった。あんまり興味が湧《わ》かないのは、アメリカの二百年史がきらいなのではなく元々展覧会博覧会のたぐいがきらいだからだが、一九三〇年ごろのテレビが今でも画像を映し出しているのは、ちょっと面白かった。旧式ラジオにピースの箱大の小窓がついていて、それが当時のブラウン管である。

一応見終って、となりの線路にとまっている展望車へ連れて行かれ、列車の総監督赤ネ

クタイの何とか氏に紹介された。

「何だって？　あした此の展望車に乗る？　そういう話は全然聞いてない」

　赤ネクタイは、いきなり怒鳴り出した。

「一体、誰がそんな許可を与えたんだ。アメリカン・フリーダム・トレインが走る時、乗せてほしいという希望者は何千人もいる。それを一々諾《き》いてられると思うのか」

　案内してくれた髭の若者が、びっくりしたように一つウインクをして帰って行った。

「だけど私は、その為に日本からはるばるやって来たのであって、日本国有鉄道ニューヨーク在外事務所を通じてこれこれで、それにあしたはちょうど私の誕生日で」

「ノー、ノー。自分は何も知らない。一切聞いていない。自分の許可無しに、此の列車には誰も乗せない」

　こわい顔で、取りつく島も無かった。

「何だ、此の鉄道の木ッ端役人の無礼極まる態度は」

　日本語で私が言った時、

「ちょっと、ここは僕に委せてくれない」

　と、甚六が割って入った。

「今やアメリカは、人を見たら泥棒と思えという国なんですからね。初対面で失礼な態度をされたって怒ってみてもしようが無いよ。日本からはるばる来たとか、あした誕生日だとか、そんなこと此の人に関係無いでしょ。向うは先ず断わる、こっちは其処から話を始めるのが通例でね、こうなればただビジネス・ライクに、押して押してウンと言うまでひた押しに押して行くだけが手だよ。話がついたらさっぱりするんだから。此の一年半、それで苦労した僕がやってみる」

それから、どの程度お上手な英語か知らないが、甚六は何やらしきりと理詰めで説き始めた。学務課に授業料を負けさすような調子である。渋い顔して聞いていた赤ネクタイが、不承々々卓上の電話を取ってマイアミを呼び出した。

「ハロー、ジャニース。病気はどうだい？　ところで君、こういう日本人のことを聞いてるか？」

マイアミ駐在のジャニース嬢は、病気療養中らしい。

「フムフム。イエース。ええと名前は——、イエース。フム、聞いてる？　誰から？　フムフム」

少し木ッ端の口調が変って来た。察するに、スジの無い鉄道屋さん同士の連絡がうまくついていなかったのだろう。電話を置いて、それでも尚疑わしげに二三質問していたが、ようやく納得したらしく、

「よし、それじゃ二人とも乗せてやるから、あすの朝七時半までに此処へ来い」

と、初めて表情をゆるめ、大きな手を差し出した。

今年は天候異変で、フロリダの海べの町の朝が薄ら寒い。雨の中をレインコートを着て、大きな荷物を提げ、御指定の時刻に原っぱの展示会場へあらわれたら、入替えのディーゼル機関車が、従業員用の客車を側線から曳き出し、博覧会列車の本体に連結するところであった。「フリーダム・トレイン」に常時乗組みで働いている職員が百人近くいる。此の人たちのための寝台車、食堂車、ラウンジ・カー、展望車が、「ガッチャン」と音を立てて後尾につながった。十数輛の編成と聞いていたが、数えてみれば全部で二十六輛、私を乗せない先頭のデイライト・タイプX4449号蒸機は遥《はる》か彼方で、これより最後の大キャラバン列車を曳いて、マイアミへ向け出発する。

乗組員たちにとって、きょうは二年にわたった全国巡業千秋楽の日だから、老いも若きも何となく浮かれている。車内に黒いピアノが備えつけてあって、

「ジングルベル、ジングルベル」

と奏《かな》でる黒人のまわりを大勢で取り囲み、朝っぱらから陽気に歌っていた。

「ジングルベル、ジングルベル、ジングル、オール、ザ、ウェイ。ヘイ」

誰も、私たちに対し、きのうの赤ネクタイのような疑わしげな顔をする者はいない。

「マイアミまで一緒に行くの？」

「朝ごはんすんでないんでしょ。食堂車にコーヒーとドーナッツがあるから食べていらっ

しゃいよ」

総指揮官の木ッ端さんは、食堂車の次のラウンジ・カーにいた。これも、きのうに変る御機嫌で、

「やあ、お早う。此処が私のオフィスだ」

と、請じ入れた上、

「ハッピー・バースディ」

とお愛想を言った。

キング・ジョージ五世のお召列車の如き荘重かつ古めかしい客車で、古びた長椅子が置いてあり、書きもの机、電話、タイプライター、天井からはチューリップの花を束ねたようなかたちの曇りガラスのシャンデリヤがぶら下っている。

便乗許可証にサインをすませて、食堂車へ入り、無料サービスのコーヒーとドーナッツを御馳走になってピアノの車輛へ戻ってみると、若者たちが白も黒も肩を振り腰を振り、未だ歌っていた。

「スワニー、ハウ、アイ、ラヴ、ユー、ハウ、アイ、ラヴ、ユー」

犬まで乗せていて、どう考えても一と時代前の鉄道幌馬車隊である。甚六に「そんなこと言っても無駄だよ」とひやかされた誕生日の一件が伝わっているらしく、りんごをかじっていた女の子が、ちょっとはにかんで、

「ハッピー・バースディ」

と笑顔を見せた。

「どうだい、甚六」

「どうだいってことも無いけど、これは予想外に面白い汽車旅になりそうですな」

二十六輛向うで、蒸気機関車の重々しい汽笛が鳴り、八時三十分、「アメリカン・フリーダム・トレイン」は原っぱの引込線を発車した。

展望車もラウンジ・カーと同じくらい古風で、リベット打ち鋼鉄製のオープン・デッキ型である。其のデッキへみんな集まって来る。うしろに「American Revolution Bicentennial 1776-1976」、昔の特急「富士」や「つばめ」がつけていたような列車標識を飾って、十七分後、ウエスト・パーム・ビーチの駅を通過する。駅でも沿道でも、人々が手を振っていた。デッキの一同が手を振り歓声を上げてそれに応える。踏切のところで、

「あれ、何で日本人みたいなのが二人乗ってるんだろう」

というような表情を見せたおッさんの姿がすぐ遠くなる。列車の通過したあと、子供たちが線路に駈け寄って何か拾い上げる。何をしているのかと思ったら、一セント銅貨を汽車に轢《ひ》かせて記念にするのだそうだ。

鉄路の響きは、客車が古風なボギーで速度があまり出ていない方が音としていい。「ケタタンタンタントン、ケタタンタンタントン」と、時速五十キロぐらいで、「フリーダム・トレイ

ン」はフロリダ半島の本線を南下し始めた。総重量四百五十トンの大型蒸気機関車の吐く煙が、椰子の疎林の上を白く流れて行く。沼があり、マンゴの木があり、砂丘が見え、海が見え、小旗の星条旗を打ち振って踊っている愛国婦人会みたいな小母さんがおり、十時五分、フォート・ローダーデイル着。此処でアメリカ人の記者団一行が乗りこんで来た。フォート・ローダーデイルを出て間もなく、ニューヨーク行の急行「シルバー・ミーティアル」とすれちがう。テレビ・カメラが廻りラジオの実況中継放送が始まり、線路と並行する国道に車の往き来が繁くなって、わき見運転をしながらさかんにクラクションを鳴らしてみせるのがいる。「フリーダム・トレイン」千秋楽の気分がいよいよ盛り上って来たと言いたいが、私は妙なことに気づいた。識り合いになったX嬢Y嬢Z君たちが、何だか少し淋しそうなのである。倉庫、工場、其の向うの入江に汽船の煙突が見えて、列車はもうマイアミ市内に入った。あんなにはしゃいでいたXYZが、ほっとしたような気落ちしたような顔をしている。

聞いてみると、一年八カ月二万四千六百マイルに及んだ彼らの旅がこれで終る。それは分っているけれども、乗組員の雇用契約は其の一年八カ月間、マイアミにおける展示終了までで、あとは皆別れ別れに、来年の新しい仕事を求めて散って行くのだそうであった。

そういうわけで、面白くなるはずの汽車が、やがて悲しき鵜舟《うぶね》かな、面白くなり切らず、変に物淋しくマイアミに着いた。此処がまた、音に聞えしマイアミの、ほんとの停車場かしらと思うような、何とも粗末なわびしい駅である。プラットフォームの電灯は裸電球だし、柱は安っぽい緑色のペンキが剝げかかっている。「シルバー・スター」が着いたのではないから、クリスマス旅客の賑わいも見られない。乗組の若者たちの気分に感染して、本来おしゃべりの甚六が、元の鬱に戻った。展望車の前で一枚写真を撮って、みんなにさよならを言って、二人は黙し勝ちに出口の方へ歩き出した。旧友のダニエル・メロイが天国行の急行列車に乗りこむまであと十日少々と、そんなことは未だ知らないけれど、今夜はマイアミ・ビーチのホテルで美味いものでも食って気を晴らそうと思う。

最終オリエント急行

INNSBRUCK
ZÜRICH
WIEN
BERN
AUSTRIA
SWISS
LJUBLJANA
ITALY
ZAGREB
BEOGRAD
SOFIA
JUGOSLAVIA
ROMA
BULGARIA
Black Sea
EDIRNE
ISTANBUL
TURKEY
ATHINA

「御存じでしょうが、オリエント急行がいよいよ廃止になります」

と、突然の電話が掛って来た。実はこれを機会に、うちで「オリエント・エクスプレス」の特集をやることになりまして、どうでしょう、乗ってごらんになる気はありませんか。——行って下さるなら、旅費は当方で負担しますがと言う。

耳よりな話と思ったろうと、人が思うのは御勝手だが、私は思わなかった。

「君、オリエント急行がなぜ廃止になるか知ってるんですか」

昔の「オリエント・エクスプレス」は確かに豪華な列車でした。詩人も音楽家も、ヨーロッパの富商、外交官、皇族やお姫さま、みんなが欧亜連絡のあの国際寝台列車に憧れてイスタンブールへの旅をしました。文学にも映画にも取り上げられて世界にその名が高いんだけど、

「現実のオリエント・エクスプレスは、過去の栄光の残りかすなんだよ。食堂車もつけないぼろ汽車になり下っている。そうとは知らぬ阿呆が、アガサ・クリスティやグレアム・グリーンの小説に惹かれて時々乗りに行く。その種の物好きと東欧圏の難民だけ相手にしていても、採算採れないからやめてしまうんです。ぼろ汽車の最後を見届けるのも、企画

としては面白いかも知れませんが、僕は鉄道に無知な阿呆と同列に見られたくないね。折角だが、乗ってみる気はありません」

「ちがうんです」

　と、電話の主が言った。

「何がちがう？」

「時刻表に記載されてるオリエント・エクスプレスに乗ろうとは言っておりません」

「じゃあ何に乗るんですか」

　聞いてみると、この五月下旬、オリエント急行が九十四年の歴史を閉じる日、スイスの旅行社が「郷愁のオリエント急行」なる特別列車を、チューリッヒからイスタンブールまで別に走らせる。

「昔ながらの一等寝台車食堂車を連結して、一九二〇年代そのままの華やかな姿によみがえらせて、客も全世界から募集した百人だけで」

「へえ」

「途中、大きな蒸気機関車にこいつを曳っぱらせたりしてですね」

「ふうん」

「三人分すでに予約を入れてあるのですが、どうしても気が進まないと仰有《おっしゃ》るなら止むを得ませんが」

「ちょっと待ちなさい、君」

だぼはぜと思われたくないけれど、餌を見て気が変った。

次の日、電話の主の若い編集者が打ち合せにやって来た。名前を名のるのが「砂糖」に聞える。

「行くとして、砂糖君ともう一人は？」

「海苔《のり》です。カメラマンです」

「君とカメラマンの海苔と、一体どんな恰好でその列車に乗りこむつもりかね」

「恰好と言いますと？」

「服装ですよ。これは、君たちが考えてるより厄介な旅行かも知れないよ。一九二〇年代の再現ということになると、ジーパンで晩めしとは行かんかもしれん。車内で正装を要求される可能性がある」

スイスの旅行社へテレックスを打ってもらったら、果して背広では不可、夕食はブラック・タイと返信が来た。面倒な話だが仕方がない、砂糖と海苔はタキシードを用意し、私はその上羽織袴《はかま》を用意し、かくて指定の五月某日空路チューリッヒへ到着した。

翌朝、時差ぼけの寝ぼけまなこで駅に行ってみると、乗客、報道陣、野次馬、プラットフォームはお祭り騒ぎの大賑わいであった。燕尾服の肩に赤いインコをとまらせた男が、古風な手廻しオルガンでブーカブーカとなつかしのメロディを奏でているのは、一九二〇年代のオリエント急行発車風景再現のつもりらしいが、くたびれた燕尾服の裾にインコの白い糞がくっついていて、うんこしたインコが大男の襟首をかじる。

ニューヨークのCBS、ロンドンのBBC、フランス国営テレビのスタッフに日本のテレビ会社も一社加わって、しきりにこの光景を撮影中である。掲示板に「一〇時一〇分発、臨時列車。ベオグラード、ソフィア、イスタンブール行、特別オリエント・エクスプレス」と出ている。どんな華やかな特別列車かと待っていたら、間もなくのろりのろり後ろ向きで入って来たのは、一見して、道化楽師の燕尾服同様相当くたびれた代物であった。

博物館行きの国際寝台車がブルーの胴体に由緒ある「ワゴン・リー」の金文字を飾っているけれど、その金色文字は剝落しかかっていた。一とかけこそげ落して、記念に財布へしまいこんだ。九時から十時半にかけてこの駅を出るスイス国鉄のほかの列車の方が、ずっと清潔である。

「君の名前がお砂糖だからな。どうも話が甘くてきれいすぎると思ったよ。ずいぶん薄ぎたないねえ」

しかし、ヨーロッパの人々にとっては、明治村をきょうチューリッヒ駅頭に見るような一種特別の感慨があるらしかった。誰も彼もが、嬉しげになつかしげに笑顔で言葉を交していた。

東洋人の乗客は、首にカメラをたくさんぶら下げた海苔と、砂糖、私の三人しかいない。

往年のオリエント急行を曳いたという あご鬚禿げ頭の老機関士が一九三三年スイス製の電気機関車を運転する。やがて一同乗り終り、全車輌車齢四十年以上の姥桜《うばざくら》エクスプレスは、観衆の見送りをうけて定刻五分おくれの十時十五分、ピーともポーとも言わずにチューリッヒを発車した。

オリエント急行の歴史を書けば、イスタンブールが未だコンスタンチノープルと呼ばれていた時代に溯《さかのぼ》って長い長い話になるから、私自身の古い記憶だけでいうと、かつて二つのオリエント・エクスプレスがあった。シンプロンのトンネルを抜けてイタリア領を経由する「シンプロン・オリエント・エクスプレス」と、オーストリーのチロル地方を通る「アールベルク・オリエント・エクスプレス」。少年のころ、名前の響きの美しい「シンプロン急行」に憧れていたが、後年実際に乗ったのは「アールベルク」の方である。

「何だ、乗ったことがあるんですか」

と砂糖が言った。

「二十一年前、インスブルックまで、ほんの一部分だが乗った」

「そのころは立派でしたか」

「当時から薄ぎたなかったね。食堂車の窓にすき間風防ぎのねずみ色の毛布がぶら下げてあったよ。その後二系統の運転はやめになり、食堂車もつながなくなって、辛うじて命脈を保っていたのが、今度廃止される時刻表の『オリエント急行』――『ダイレクト・オリエント・エクスプレス』です。現行時刻表に載ってるのはシンプロン越えの奴で、この特別列車が『アールベルク急行』の道を走ってる。分りますか」

列車は美しくないけれど、チューリッヒ湖に沿うて走る沿線の景色は美しかった。ヨットが出ている。ライラックの花が咲いて、山に雪があって、首に鈴をつけた牛がいて、金色時計の教会の尖塔が見えて、しかし、あんまり見ているとチョコレートの箱のような気がして来る。線路わきのキロ・ポストで時速を計算してみるに、目下百五キロ、バアでアペリチーフを飲んでいたら、早くもスイスとオーストリーの国境駅であった。旅券の検査も何もしないけど、機関車がオーストリー国鉄の電気機関車に替る。

昼めしのテーブルにフランス国営テレビのサラが同席した。若いアメリカ娘だが、パリで働いている。父親がノールウエー系、母親がイタリア系、英仏独伊ノールウエーと、五カ国語に不自由がない。海苔と砂糖と私と三人共同で、こちらは二カ国語が怪しい。

「あ、いた」

と、サラが窓外を指さした。

フランス・テレビの雇ったヘリコプターが、谷間の空き地を離陸してオリエント急行を追いかけていた。雪の山々の間を列車にスピードを合せて飛ぶので、空中に静止しているように見える。一度、牧場の上をあまりに低く飛んで、びっくりした牛の群が四方へ逃げ出し、食事中の客を笑わせた。食事といってもイタリアのサラミ、生ハム、フエトチーネに始まってゴーゴンゾラのチーズ、菓子、エスプレッソで終る葡萄酒つきの二時間コースだから、会社の昼めしを十五分ですませているお砂糖は、

「昔のヨーロッパ生活とはこういうもんですかね。映画では知ってたけどなあ」

文化ショックを受けたらしい。食べ終るころには間もなくインスブルック着であった。

ここで大部分の報道陣が下りる。下りてフィルムと原稿を本国へ急送する。空中撮影隊を収容したフランス・テレビ組だけが、イスタンブールまで全線同行する。

インスブルックは、チロルのまん中、山気の澄んだ古いきれいな町だが、二時間四十五分の停車中、さてすることもないので、市電で町を一と廻りして駅へ戻って来たら、となりのフォームにミュンヘン発ミラノ行のTEE（欧州横断国際特急）「メディオラヌム」85列車が、ドイツ国鉄の機関車に曳かれて到着するのが見えた。三分停車で十七時三十分発車。「メディオラヌム」はイタリア古代都市の名前で、さしずめ特急「あすか」号というところだろうが、装備は近代的、性能がよくて、時速百七十キロ出す。一緒に見ていたレイルファンのドイツ青年が、にやッとして、

「ほんとはあちらの方がよっぽど豪華列車なんだ」

と言った。

「郷愁のオリエント急行」の客車は、フランス製あり英国製あり、ドイツ製イタリア製、第二次大戦前に使っていた中古の寄せ集めである。そのころ汽車の水洗便所などというも

のは無かったから、台車のはしっこに糞尿がひっかかっていてください。インスブルックを出たらぼつぼつ晩めし用のこしらえをしなくてはならぬので、私たちも、一九三〇年英国メトロポリタン・キャリエージ社製造の7号車へ帰った。帰る途々、

「郷愁のということは、要するに古くさくてとろいということだな」

私は砂糖に言った。

「気に入りませんか。僕は面白いですがね。こりゃ、やっぱり相当豪華なもんです。興奮するですよ」

「いや、気に入らないわけでもない。面白いさ。しかしデッキのこの鉄板なんか御覧なさい。銹だらけで、銹落しをしたら穴があきそうだ。横浜岸壁の氷川丸《ひかわまる》のエンジンに火入れをして、郷愁の太平洋航路と称して走らせているような、多少そういう気がするだけです」

コンパートメントの扉をあけると、私一人の寝室で、床は赤い絨緞《じゅうたん》、壁板は古風なマホガニー材、花模様を描いた上にニスで艶出しがしてある。洗面器、洗面器の下に小便用のおまる入れ、大小の鏡、小型の扇風機。ただし扇風機は廻らないし、絨緞はすり切れているし、寄る年波の貴婦人といった趣きがある。スイスの旅行社が差し入れてくれたカーネーションの花活けは代用のサイダー瓶であった。

ヴォルグルという田舎駅にとまって揺れなくなったのをしおに、山間《やまあい》の小鳥の囀《さえず》りを聞

きながら着替えにかかったが、探偵アルキュール・ポアロが乗ったのと同じ造りのヴィクトリア朝風コンパートメントで袴の着つけに苦労しているのは、やはり少しくお芝居のような感じがした。

ヴォルグルを出て、ようやく日が暮れる。シグナルの強い緑の光が車窓に迫って、赤に変ってうしろへ消えて行く。ケタトンタンタン、ケタトンタンタンと、列車はオーストリー領をユーゴの国境へ向って走っていた。夕食会に出る砂糖の恰好は、ホテルのボーイか貸衣装の花婿さん、私は羽織袴、海苔はタキシードの胸に仇討ちよろしく二台のカメラをたすきがけに掛けて、相当珍妙な光景だろうと思うが、こういう時ヨーロッパ人は「オオ」とか「ワァ」とか声を掛けたりしない。興味があっても知らん顔をしている。アメリカ娘のサラだけが、

「これ、何？　これ、どうやって結ぶの？」

と寄って来て、私の袖や袴の紐を引っ張った。

食堂車は二台のプルマン・カーを含む三輛編成で、正装の老若男女それぞれの席に白いナプキンを垂らして、メニューには物々しくイタリア人の料理長ファリチオーラ、主任ブリガッティの署名が入っていて、なるほど半世紀前の栄華の夢かと思うが、私は電気を消して蠟燭の灯で物々しく食事をするのが苦手《にがて》である。

「先生は文句ばっかりで、ムードの無い人だなあ。折角乗ったんだからもう少し楽しんで

下さいよ」

　と砂糖が言った。

　寄る年波とはいえプルマンの食堂車は立派なものだし、クリーム・スープ、鮭の姿作りタルタル・ソース添え、ロースト・ビーフ、味もよろしくなかなかの御馳走で、デザートのスフレにコックが青い炎を立てて見せると拍手がわくけれど、何ぶん羽織袴に英会話では食欲が減退する。コーヒーを断ってひとり早目にバアへ引揚げ、煙草を吸っていたら、

「気分が悪いんですか」

　と聞いて通り過ぎたお婆さんがあった。

　夜半、ユーゴスラビア領最初の駅イェーゼニッツェに停車した。入国管理官が乗りこんで来た。特別お祭列車のせいか、それほどきびしくないけれど、海苔は、砂糖とちがい、ヨーロッパ撮影旅行も何度目かで、色んな経験をしている。

「この前僕が、取材で定期のオリエント急行に乗った時は、とてもとてもこんなもんじゃなかったですよ。共産圏の駅には、しばしばマシーン・ガンを構えたのが立ってますからね」

　そうだろう。フォーム反対側の、これから自由圏へ向う夜行列車の中では、乗客が一人々々、眼つきの鋭いのに厳重な検問を受けていた。国境駅を発車し、リューブリヤーナというユーゴ西部の小都市を通過するまで起きていて、ベッドへ入った。

一夜明けると、沿線の眺めがすっかり変っている。清楚な木造の家々が軒に草花をかざって、なだらかな牧場があって、道路はよく舗装されて、如何にも豊かそうだったスイス、オーストリーの田園風景は、もうどこにも見られない。一望の平野だが、畑は雑草が生い茂っているし、民家は粗末な煉瓦小屋だし、農夫たちの服装も貧しい。案山子《かがし》まで貧しい。ユーゴの案山子は、ビニールの切れっぱしが風に揺れているだけであった。鍬《くわ》を持った男女が畑を耕していた。たまに荷馬車がいたり、すきを曳く馬がいたり、やせこけた羊がいたり、東欧圏を通るのは初めてだから、朝のコーヒーを飲みながら熱心に、窓外を移り行く風景を観察していると、

「どうお思いになりますか」

と声をかけられた。ビヤ樽のように肥った二人のドイツ女性で、顔立ちがよく似ている。年とった姉妹かと思ったら、

「私たち母娘《おやこ》なんです。母はもう八十」娘の方が笑って、「東欧でもっとも豊かなもっとも自由な国と言われているユーゴスラビアでこれですよ。トラクターが全然いないでしょ。みんな人力」

「しかし、東独はどうなんですか」

トラクターのような機械工業なら、東ドイツの方が進んでいるんじゃありませんか、経

済的にも東独はユーゴより豊かになって来てると聞いてますがね、そう言うと、

「ノオ、ノオ。あすこは牢獄。東ドイツはほんとの牢獄」

母娘で大げさに手を振った。

チューリッヒを出て一昼夜近く経ち、これまでよそよそしかった乗客たちの気分が、何となく解け始めている。不平半分食欲不振でぎごちなかった私の気持も、よほどほぐれて来た。

「いや、東ドイツにも一ついいものがあるよ」と、五十年輩の英国紳士タングさんが口を出した。「それはね、蒸気機関車です」

鉄道の歴史に興味があって、日本へもこの十月に行くという。

八時三十分、貧しい原野の果てに都会があらわれた。列車はサーバ河の鉄橋を渡ってベオグラードへ入って行くところであった。

ベオグラードは、頭から到着した列車を尻から曳き出す上野式の駅である。ただし、上野に較べてはるかに粗末できたない。キオスクで売っている品物は貧相だし、外出中の新兵さんは身丈に合わぬラシャの軍服を着ている。いかつい顔の警備兵が六、七人、駅の構内に眼を光らせていて、カメラを向けると、

「ノオノオ」

はげしい勢いで制止する。

この薄ぎたない御連中をフィルムにおさめてどういう不都合がおこるのかよく分らないが、海苔も私も写真機をひっこめた。

「郷愁のオリエント急行」は一種の観光列車だから、ここでまた二時間三十分の停車、その間にスイスの旅行社が用意した観光バスが出る。私たちもベオグラード市内一見と出かけることにした。大して見るものも無いけれど、古い城砦《じょうさい》のあるカレメグダンという丘の上の公園に上れば、サーバ河がダニューブ河と合流する景観を、眼下に遠く望むことが出来る。

ヨハン・シュトラウスのワルツ「美しく青きドナウ」——、ダニューブ河が泥色をしているのが砂糖には不審らしいので、説明してやった。

「あのね、昔から言い伝えがあるんだ。ドナウは恋をしている人にだけ青く見える。青く見えませんか、君」

駅へ戻って来たら、別のフォームに「サラエボ行」と書いた列車がとまっていた。何となく「ははあ」と私は納得した。オリエント急行最後の日、ニューヨークから、ロンドン、パリから、報道陣が押しかけて、あんなに大袈裟《おおげさ》だった理由が分ったような気がした。

サラエボは、一九一四年オーストリア・ハンガリーの皇太子夫妻がセルビアの青年に暗殺されて第一次世界大戦の導火地点となった町である。乗客たちの中で、英国人タングさんの奥さんは、ハンガリー生れのブダペスト育ち、サラエボ事件の話は出なかったが、

「子供のころ家の窓から、ブダペスト経由のオリエント・エクスプレスが通るのを毎日眺めていました。だから、今度の汽車旅はほんとに楽しいんです」

と私に話したし、もう一人、スイス人の爺さんは、

「五十数年前、当時豪華列車だったオリエント・エクスプレスに乗ったことがある。わしにとって、これは思い出の旅なんだよ」

と言った。

野次馬のわれわれ日本人とちがい、彼らにしてみれば、バルカン諸国を抜けてトルコまで行くオリエント急行は、第一次大戦と第二次世界大戦の谷間、風雲をはらんだ、この人たちの若かりし日、今となっては古くなつかしい時代の象徴なのではないだろうか。

十一時ちょうど、列車はベオグラードを発車した。すぐ貧しい田園風景が始まる。はねつるべ、ちょろちょろ水の手押しポンプ、雑草だらけの蔬菜《そさい》畑、黄色のあやめがちらほら咲いていて、それだけがわずかに眼を慰めてくれる。

間もなく昼めしで、きょうはイタリア人のシェフが腕をふるってオリエント風オードブルを食わす。サフランのたくさん入ったピラフも出る。美味しいけど、車内がだんだん暑くほこりっぽくなって来た。「なつかしの」はすなわち「古くさの」で、「豪華特別列車」に冷房がついていない。食後、単調な窓外の景色を眺めているうちに睡気を催して来、額に汗をうかべて居眠りをしていたら、十四時二十六分ニーシに着いた。

ここで電気機関車が待望（?）の蒸気機関車に替る。フランス国営テレビの一行は、これよりブルガリア国境のディミトロフグラードまで、汽車を捨ててタクシーを雇い、カメラを構えてオリエント急行を追いかけて来る。海苔が同じことをやる。1－5－0型式——導輪一軸動輪五軸後輪ナシ——のJZ（ユーゴ国鉄の略号）33型340号SL。黒煙を吹き上げ、馬のいななくような長い汽笛を鳴らして勇ましくニーシを発車した。巨大な機関車のくせに馬鹿に甲高い声を出す。

ジェイムズ・ジョイスが『ユリシーズ』の中に、機関車のいななきを描写して「frseeeeeeefronnng」と書いているところがある。『ユリシーズ』なぞろくに読んでいないし、まして英語の原文には眼を通していないのだが、こういうことだけ知っている。あれはなかなか正確な擬声音だと分った。

やがて鉄路に沿う国道を、フランス・テレビの車と海苔の車が追いすがって来た。お海苔が自動車から身を乗り出し、命がけで急行にカメラを向けている。

「こっちも窓から顔を出して手を振って下さい」

お砂糖が註文するが、

「いやだ。主役は蒸気機関車なんだから、僕を写さなくたっていいだろ」

とは言うものの、コンパートメントに寝そべっていると、むやみに暑い。窓をあけておけば煤煙が吹きこむし、窓をしめればますます暑い。SLも、見ている分にはいいけれどと、結局、涼みかたがた通路側の窓から言われた通りのポーズを取ってみせたら、小さな石炭かすにピシピシ手の甲を叩かれた。

列車はユーゴスラビア東部の峡谷地帯にかかっていた。寝覚めの床の如き絶景があって、釣師が川に釣糸を垂れているかと思うと、忽ち青の洞門みたいな古い長いトンネルに入る。トンネルの闇の中を宇宙ぼたるのように赤く無数の火の粉が飛んでいるのが見えて、プーンと煤煙の匂いがする。窓は乳色にくもってガタガタ鳴る。少年時代の汽車旅を思い出してなつかしいと言えばなつかしいけど、顔も髪の毛の中も煤だらけになった。

タング氏流に言うと、この姥桜エクスプレスにもいいものが二つある。一つは食堂のイタリア料理でもう一つは浴室車、五十年前の古い客車だが、内装を近代的にあらためて、きれいなシャワー・ルームが七つついている。海苔の撮影に協力したあと、イタリア人の三助に石鹸とタオルをもらい、シャワー室へ入った。

煤を洗い落し、さっぱりしてコンパートメントへ帰って来た時、海苔の車はもう見えなかった。山間のピロトという駅で蒸気機関車を離し、ディーゼル機関車につけかえたので、列車と並進しての撮影を終了、先へ走り去って行ったらしい。ユーゴ空軍の双発ジェット戦闘機が、夕空に二条の飛行雲を曳いて急上昇して行く。それにひきくらべ、われらがオリエント急行は、「カタリンコトン、カタリンコトン」と、水車のようなテンポで走っていた。

日の暮れるころ、国境の駅ディミトロフグラードでようやく海苔と落ち合えた。カメラの下でシャツも下着も汗みずくになっていた。

「無事でよかったよ。すぐシャワーを浴びていらっしゃい」

「そうします。昔のオリエント急行には美容室までついてたそうですね」

と答えたが、何だか声が上ずって少し興奮している。実は「無事」でなかったのだ。列車とあとになり先になり、見通しのいい高台の橋のたもとにさしかかってカメラを構えようとしていたら、ユーゴ警察のパトロールカーがつけて来た。いきなり海苔はカメラをひったくられたそうである。連行するつもりらしく、パトカーに乗れというのを、通じない言葉で押問答しているうち、フランス・テレビの連中がやって来た。タクシーの運転手と一緒になって弁明してくれ、どうにか放免されたが、

「ここの駅へ着いて待っている間も、銃を持った兵隊が取り巻いて、国境だ、一切カメラにさわるなと言うんです」

ほっとして早くシャワーを浴びたそうだが、停車中浴室へ入ることは出来なかった。車内にすごい面相のユーゴの係官が乗りこんで来、次にブルガリアの警官が乗りこんで来、旅券と通過査証の厳重な検査が始まっていた。プラットフォームへ下りることも許さない。

「国境ったって、となりも同じ共産国でしょう。ブルガリアと戦争でもするつもりですか

ネ」

「資本主義国の汽車の乗客は、みんな社会主義に憧れていて、隙あらば亡命するかも知れない。きっとそう信じて警戒してるんだろ」

やっと動き出し、国境を越えると、名もおどろおどろしいドラゴマンという駅で、それより先はブルガリアの夜になり、ソフィアへ着いたのは午後十時近くであった。二年前に完成した何とも壮麗な駅で、ローマのレオナルド・ダ・ヴィンチ空港のターミナルと似ている。人気の少い地下の商店街をぶらついてみると、電気を消した酒屋のショーウィンドウがあって、おやと、私は眼を疑った。東欧の酒、ロシアのウオツカばかりで、スコッチもフランスの葡萄酒も一本もないのに、日本の「サントリー・ゴールド」が並んでいた。

「変な国だねえ、日本は」

手帖に書きとめているところへ、

「コラ。何をしておるか。スパイとして逮捕するぞ」

と英語の声が聞えた。振り向くと、乗客仲間の一人が笑っていた。

ソフィアで、機関車はチェコ製スコダの新しい電機に替った。発車後最後の晩餐会が始まり、賑やかに話の花が咲いて、みんなもうすっかり馴染みになっている。汽車の大好きなマールブルク大学教授クロード先生は、

「ソフィア駅の建物を見てブルガリアの経済を想像したら大まちがいだ。ユーゴよりはる

かに貧しい。官僚統制がきびしくて経済的に行きづまっている国ほど、ああいう壮大な公共建築物を造りたがる傾向がある。うちの学生どもにそのことをいくら言ってやっても理解せんのがおる」

口角泡を飛ばして話していたが、海苔が写真を撮らせてもらっていいかと聞くと、急に声が小さくなり、

「ヨーロッパでは公表せんだろうね」

「公表しませんが、何故ですか、先生」

「実は学生に、風邪をひいたと嘘をついてこの汽車に乗りに来てるんでな」

シャンペン、葡萄酒、食後のリキュール、わいわいがやがや、白服白帽子、見るからに美味しそうに肥った料理長が挨拶に廻って来て、素人《しろうと》も玄人《くろうと》もカメラを向ける、拍手をする。食堂車の中だけが明るく、窓外は真の闇、ブルガリアが貧しいか貧しくないか分らぬまま、酔って部屋へ帰って熟睡して、翌早朝、

「パスコントローレ、ビッテ。パスコントローレ、ビッテ」

と、ドイツ語で叩き起された。スイス以来四度目の国境越えで、オリエント急行はいよいよアジアのとば口トルコへ入る。国境駅の反対側フォームに、ゆうべイスタンブールを出た定期の最終オリエント・エクスプレスがとまっていた。

トルコもそんなに豊かな国ではないし、それほど自由な国でもないが、何となく空気が

明るくなった。金歯だらけの黒服のトルコ人車掌が乗って来て、にやッとする。鉄道の駅では珍しい免税品店のあるエディルネのプラットフォームには、ブラスバンドが出ていて、特別オリエント急行御到着歓迎のブカブカドンドンを演じてみせる。エディルネは古《いにし》えのアドリアノープルである。バスを列《つら》ねて十六世紀に出来た名高いモスクを見物に行くと、案内人が、

「内陣へは靴を脱いで入っていただきます。見学後同じ口から出て来てもらえば、たいていの場合御自分の靴がみつかります」

と言ってみなを笑わせた。泥棒がいないはずの国から、こそ泥のいることを認めている国、泥色のものを青いと言わなくてすむ国へ入ったのだナと思った。

もっとも、イスタンブールまで未だ八時間かかる。エディルネより先、景色は平板で、相変らず五月とは思えぬくらい暑い。あけ放った窓から蜂蜜の匂いが流れこんで来た。白、黄、紫と色とりどりの野花が咲いていて、要するに草花の匂いであった。退屈している私に、

「やっぱりずいぶん長いですねえ」と、シカゴの中年夫婦が話しかけた。「ところで一つ日本語の意味を説明してほしいんだけど、『ダルマサンダルマサン一、二、三』というのは何のことですか」

「それは、途中が抜けてますよ。『ダルマさんダルマさん、にらめっこしましょ、一、二、

三』」私はダルマさんのむつかしい顔をして見せた。「子供の遊びですが、本物のダルマさんは禅の聖者でした。長いねえとおっしゃいますけど、ダルマさんは壁に向って九年坐って修行して、脚が腐って無くなってしまったそうです」

暑い陽がようやく西に傾いて、イスタンブールへ二十八キロのハルカリという駅へ着いたのは午後四時五十八分。乗客が大勢駈け出して行くので何ごとかと思ったら、再び機関車が大きなSLに替るのであった。昔なつかしのオリエント急行である以上、最終区間は蒸気機関車に曳かせなくては様にならないのであろう。赤いトルコ国旗と緑の檜葉《ひば》で飾り立てたドイツ製2－4－0型の機関車が連結されると、カメラ片手に構わず運転台へ乗りこむのがいる。録音器のマイクを突き出して馬のいななきを録音するのがいる。金歯の車掌が発車合図の笛を吹いても、なかなか客車へ戻らない。

「好きだねえ、みんな」

「あんなこと言って、自分は棚に上げて」

と砂糖が笑った。

「棚に上げてやしないけど、まる二昼夜半、疲れましたよもう」

frseeeeeeefronnng と、ハルカリを出た列車は、ゆるい上り勾配を猛烈な煤煙を吐き出しながら進み始めた。

トルコ人は日本人と同様、西欧から来た者に過剰歓待をする傾きがあるようである。列車がイスタンブール郊外にさしかかると、往きから自動車が一斉に警笛を鳴らし、民家の窓からは老若男女がハンカチを振る、投げキッスをする、すれちがう電車も汽笛で挨拶する。知らん顔をしているのは、左手に見えて来たイスタンブール国際空港の飛行機だけであった。

右に美しいマルマラ海の眺めがあらわれた。半月刀のかたちをしたカヤク（トルコ舟）がいる。各国各種の貨物船が舫《もや》っている。イスタンブールには鉄道の駅が二つあって、私たちが着くのはヨーロッパ側のシルケシ駅だが、連絡船でボスポラス海峡をウシクダルへ渡ればハイダルパシャ駅、そこからアジアが始まる。

トプカピ・サライの宮殿、青の寺院、二千年の古都コンスタンチノープルに林立する回教のモスク堂塔伽藍《がらん》がその数五百六十、どれが何やらよく分らないうちに、特別オリエント・エクスプレスは一時間少々のおくれで、六時十五分夕暮れの終着シルケシ駅へ辷りこんだ。

トルコの民族舞踊団がフォームで待っていた。車輪のきしみが消えると同時に、はげしい楽の音《ね》に合せて踊り出した。男女互いちがいに腕を組んで半円を描いて、女の踊り子がみな美しい。それはもう、スイスともオーストリーとも、ユーゴ、ブルガリアとも、アメリカ娘のサラともちがう深目高鼻、昔々天山南路天山北路をはるばる長安の都へ来ていた西域の美女たちの顔であった。

今日の人権意識に照らして、不適切な語句や表現がみられますが、時代的背景と作品の価値とに鑑み、また著者他界により、そのままとしました。

初出一覧

欧州畸人特急　「小説新潮」昭和五十年六月号　新潮社　＊◆★
マダガスカル阿房列車　「小説新潮」昭和五十年十一月号　＊◆★
キリマンジャロの獅子　「小説新潮」昭和五十一年七月号（「キリマンジャロ寝台列車」改題）　＊◆★
アガワ峡谷紅葉列車　「小説新潮」昭和五十一年二月号　＊◆★
カナダ横断とろとろ特急　「小説新潮」昭和五十一年五月号　＊★
特快莒光號　「小説新潮」昭和五十一年九月号　＊◆
元祖スコットランド阿房列車　「小説新潮」昭和五十一年十二月号　＊◆★
地中海飛び石特急　「小説新潮」昭和五十二年二月号　＊
降誕祭フロリダ阿房列車　「小説新潮」昭和五十二年五月号　＊★
最終オリエント急行　「週刊ポスト」昭和五十二年七月一日号・七月八日号　小学館（「郷愁のオリエント急行」改題）　▲◆★

＊は『南蛮阿房列車』（一九八〇年十一月　新潮文庫）、▲は『南蛮阿房第2列車』（一九八五年三月　新潮文庫）、◆は『自選　南蛮阿房列車』（一九九九年十月　徳間文庫）、★は『新編　南蛮阿房列車』（二〇〇七年八月　光文社文庫）に所収。本書では、各編の最新版を底本としました。また『阿川弘之全集　第十七巻』（二〇〇六年十二月　新潮社）を適宜参照しました。

中公文庫

完全版《かんぜんばん》
南蛮《なんばん》阿《あ》房列車《ほうれっしゃ》（上《じょう》）

2018年1月25日　初版発行

著　者　阿《あ》川《がわ》弘《ひろ》之《ゆき》

発行者　大橋善光

発行所　中央公論新社
〒100-8152　東京都千代田区大手町1-7-1
電話　販売 03-5299-1730　編集 03-5299-1890
URL http://www.chuko.co.jp/

ＤＴＰ　柳田麻里
印　刷　三晃印刷
製　本　小泉製本

Published by CHUOKORON-SHINSHA, INC.
Printed in Japan　ISBN978-4-12-206519-2 C1195

各書目の下段の数字はISBNコードです。978－4－12が省略してあります。

中公文庫既刊より

あ-13-3
高松宮と海軍　阿川弘之
「高松宮日記」の発見から刊行までの劇的な経過を明かし、第一級資料のみが持つ迫力を伝える。時代と背景を解説する「海軍を語る」を併録。
203391-7

あ-13-4
お早く御乗車ねがいます　阿川弘之
にせ車掌体験記、日米汽車くらべなど、日本のみならず世界中の鉄道に詳しい著者が昭和三三年に刊行した鉄道エッセイ集が初の文庫化。〈解説〉関川夏央
205537-7

あ-13-5
空旅・船旅・汽車の旅　阿川弘之
鉄道のみならず、自動車・飛行機・船と、乗り物全般に並々ならぬ好奇心を燃やす著者。高度成長期前夜の交通文化が生き生きとした筆致で甦る。〈解説〉関川夏央
206053-1

あ-13-6
食味風々録　阿川弘之
生まれて初めて食べたチーズ、向田邦子との美味談義、海軍時代の食事話など、多彩な料理と交友を綴る、自叙伝的食随筆。〈巻末対談〉阿川佐和子〈解説〉奥本大三郎
206156-9

あ-13-7
乗りもの紳士録　阿川弘之
鉄道・自動車・飛行機・船。乗りもの博愛主義の著者が、車内で船上で、作家たちとの楽しい旅のエピソードを、ユーモアたっぷりに綴る。〈解説〉関川夏央
206396-9

あ-60-1
トゲトゲの気持　阿川佐和子
襲いくる加齢現象を嘆き、世の不条理に物申し、女友達と笑って泣いて、時には深ーく自己反省。アガワの真実は女の本音。笑いジワ必至の痛快エッセイ。
204760-0

あ-60-2
空耳アワワ　阿川佐和子
喜喜怒楽楽、ときどき哀。オンナの現実胸に秘め、懲りないアガワが今日も行く！　読めば吹き出す痛快無比の「ごめんあそばせ」エッセイ。
205003-7

う-9-4
御馳走帖
内田百閒《ひゃっけん》

朝はミルク、昼はもり蕎麦、夜は山海の珍味に舌鼓をうつ百閒先生の、窮乏時代から知友との会食まで食味の楽しみを綴った名随筆。〈解説〉平山三郎

202693-3

う-9-5
ノラや
内田百閒

ある日行方知れずになった野良猫の子ノラと居つきながらも病死したクルツ。二匹の愛猫にまつわる愛情と機知とに満ちた連作14篇。〈解説〉平山三郎

202784-8

う-9-6
一病息災
内田百閒

持病の発作に恐々としつつも医者の目を盗み麦酒をがぶがぶ……。ご存知百閒先生が、己の病、身体、健康について飄々と綴った随筆を集成したアンソロジー。

204220-9

う-9-7
東京焼盡《しょうじん》
内田百閒

空襲に明け暮れる太平洋戦争末期の日々を、文学の目と現実の目をないまぜつつ綴る日録。詩精神あふれる稀有の東京空襲体験記。

204340-4

う-9-8
恋日記
内田百閒

後に妻となる、親友の妹・清子への恋慕を吐露した恋日記。十六歳の年に書き始められた幻の「恋日記」第一帖ほか、鮮烈で野心的な青年百閒の文学的出発点。

204890-4

う-9-9
恋文
内田百閒

恋の結果は詩になることもありませう――百閒青年が後に妻となる清子に宛てた書簡集。家の反対にも屈せず結婚に至るまでの情熱溢れる恋文五十通。〈解説〉東 直子

204941-3

う-9-10
阿呆の鳥飼
内田百閒

鶯の鳴き方が悪いと気に病み、漱石山房に文鳥を連れて行く……。『ノラや』の著者が小動物たちとの暮らしを綴る掌篇集。〈解説〉角田光代

206258-0

う-9-11
大貧帳
内田百閒

お金はなくても腹の底はいつも福福である――質屋、借金、原稿料……飄然としたなかに笑いが滲みでる。百鬼園先生独特の諧謔に彩られた貧乏美学エッセイ。

206469-0

各書目の下段の数字はISBNコードです。978－4－12が省略してあります。

え-10-7
鉄の首枷　小西行長伝
遠藤周作
苛酷な権力者太閤秀吉の下、世俗的野望と信仰に引き裂かれ、無謀な朝鮮への侵略戦争で密かな和平工作を重ねたキリシタン武将の生涯。〈解説〉末國善己
206284-9

え-10-8
新装版　切支丹の里
遠藤周作
基督教禁止時代に棄教した宣教師や切支丹の心情に強く惹かれた著者が、その足跡を真摯に取材し考察した紀行作品集。〈文庫新装版刊行によせて〉三浦朱門
206307-5

か-2-3
ピカソはほんまに天才か　文学・映画・絵画…
開高健
ポスター、映画、コマーシャル・フィルム、そして絵画。開高健が一つの時代の類いまれな眼であったことを痛感させるエッセイ42篇。〈解説〉谷沢永一
201813-6

か-2-7
小説家のメニュー
開高健
ベトナムの戦場でネズミを食い、ブリュッセルの郊外の食堂でチョコレートに驚愕。味の魔力に取り憑かれた作家による世界美味紀行。〈解説〉大岡玲
204251-3

か-2-6
開高健の文学論
開高健
抽象論に陥ることなく、徹頭徹尾、作家と作品だけを見つめた文学批評。内外の古典、同時代の作品、そして自作について、縦横に語る文学論。〈解説〉谷沢永一
205328-1

き-6-3
どくとるマンボウ航海記
北杜夫
たった六〇〇トンの調査船に乗りこんだ若き精神科医の珍無類の航海記。北杜夫の名を一躍高めたマンボウ・シリーズ第一作。〈解説〉なだいなだ
200056-8

き-6-16
どくとるマンボウ途中下車
北杜夫
旅好きというわけではないのに、旅好きとの誤解からマンボウ氏は旅立つ。そして旅先では必ず何かが起こるのだ。虚実ないまぜ、笑いうずまく快旅行記。
205628-2

き-6-17
どくとるマンボウ医局記
北杜夫
精神科医として勤める中で出逢った、奇妙きてれつな医師たち、奇行に悩みつつも憎めぬ心優しい患者たち。人間観察の目が光るエッセイ集。〈解説〉なだいなだ
205658-9